毕竟路上有你做伴

智游东南亚81天

熊佳雯 吴哲俊 著/摄影
吴哲俊 手绘

電子工業出版社
Publishing House of Electronics Industry
北京·BEIJING

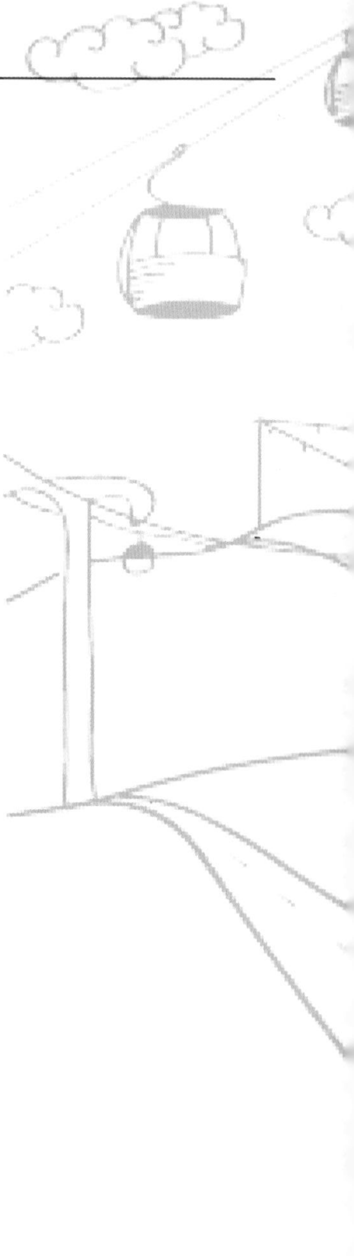

目录

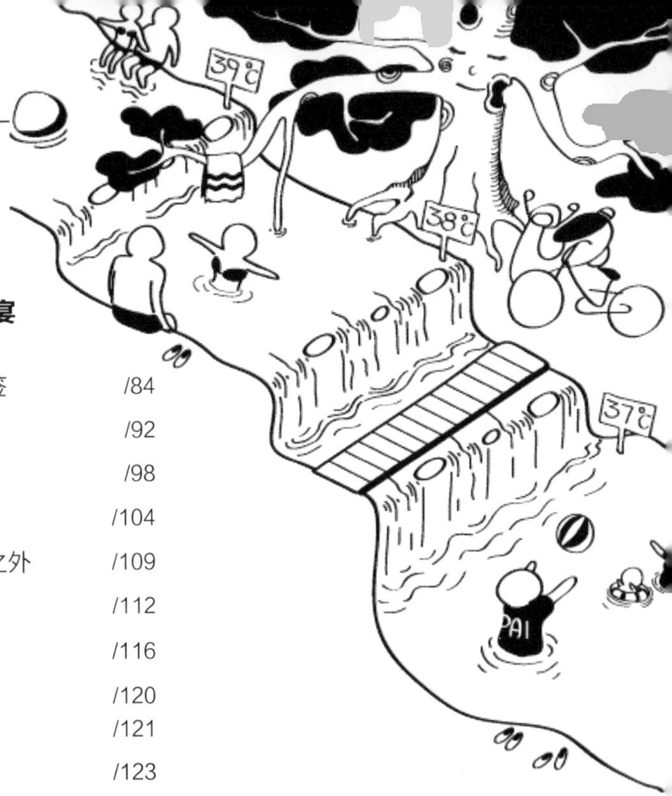

第三章 暹罗盛宴

第四章 老挝法餐？法棍！

第五章 暹粒王朝终是一盘 Amok

第六章 南越美味

序

“最后一次见到‘T’还是在小学。那时我把她的作业本给撕了，她到现在都没和我讲过话。”

当我和 8 年没见的小学同学吴哲俊坐在家对面新开的咖啡馆，朝花夕拾到这样一个人忍俊不禁的细节时，两人都笑成了傻子。

刹那间我想到了一句烂大街的鸡汤：世间唯有美食和爱不能辜负。

谈话里的女主 T 是我们另外一位久未谋面的小学同学，正在逼格爆棚的法兰西学习糕点制作。

而从小没少调皮捣蛋的吴哲，就笑呵呵地坐在我面前，身旁坐着旅途中结识、现在已经能说一口纯正“南普”（南宁普通话）的武汉女友熊佳雯。

一杯咖啡的时间，小两口兴致勃勃地把他们穷游东南亚 7 国 81 天的神奇旅程和个中秘诀一股脑全倾诉出来，眼神里分明带着股“执子之手，游遍大好山河”的劲儿。

为了与更多“身未动、心已远”的朋友们分享旅途中那些难以辜负的爱和美食，也许更为了整理老了以后“坐着竹椅慢慢聊”的谈资，他们将旅行点滴集结成册，以当地代表性美食为线索、以爱的名义出了这本《毕竟路上有你做伴》。在书中，有他们在茫茫大漠的初次相识，也有憧憬已久的东南亚之旅首日即丢失钱包的窘困，更有齐心协力勇闯 7 国 81 天的美妙滋味。

从倦于城市生活与枯燥工作的两个孤独旅者，到惺惺相惜、火花四溅的爱人情侣，吴哲俊的故事让我想起了村上春树在《挪威的森林》里的绝妙一笔：迷失的人迷失了，相逢的人会再相逢。

最后，祝我亲爱的小学挚友夫妻档，在旅游这条“以贩养吸”的道路上走出水平走出风格。

——发小、媒体人 辟谷谷

第一章

当乌梅遇上番茄

“前往吉隆坡的旅客请注意，我们很抱歉地通知您，由于天气原因，我们的航班将会延迟起飞。”

机场广播响起，原来亚航也不能准点，我心里一阵失望。头一次乘坐亚航，我们之前是有听说亚航出名的会做生意，由于机票廉价，许多服务都要额外自掏腰包，类似国内的春秋航空。于是我们提前在亚航的官网上订好了所有的去程机票，并且购买了首程的 20kg 行李托运的服务，比在机场现场购买便宜了近 50%。不过托运的时候我们才知道，旅行背包（两个 50L 的）是允许带上飞机的，哎哟真是心塞。

说到亚航，沸沸扬扬的马航 MH370 事件还没平息，东南亚的航空安全问题一下显得令人堪忧。临行前，爸妈给了我们俩很温暖的拥抱，按照我的解读，意思是：要平安回来呀我的亲人。

今天是 2014 年 10 月 9 日，国庆刚过没几天，我们推着行李来到南宁吴圩机场时是 16：00 左右，而现在已经快 20：00 了，我环顾了一下候机厅的四周，滞留的乘客们有的在聊天，有的在玩手机游戏，有的睡着了。接着，视线转到靠在我肩上睡着了的雯雯，她一只手挽着我的手臂，另一只手里拿着两张到吉隆坡的单程机票，为了这趟东南亚的行走计划，我们前前后后准备了将近2个月的时间，确实辛苦她了。

百无聊赖，我低着头在瞎摆弄着笔记本电脑，心里想的却是6个月前，那时我和身边的这个女孩还素未谋面，更别说有交集了。而今天她和我一起来到了我的家乡南宁，又即将和我一起踏上东南亚未知的国度，真的是不可思议。不经意间，文件夹里一个名为“番茄遇上乌梅.doc”的陌生word文档勾起了我的好奇心，这肯定不是我写的，那肯定是雯雯的杰作咯，赶紧双击！

2014年4月，我一个人去了敦煌，那里一直都是我最想去的地方，大西北的荒漠和古丝绸之路的神秘一直吸引着我。我到敦煌住进了一家青年旅馆，是一户当地人自己开的，一家人都很热情。老板是当地的出租车司机，我出门从来都是他免费载我，我一个女生住了一个四人间。敦煌昼夜温差很大，晚上特别凉，老板和他的女儿心很好，又是给我加棉被，又是给我烧热水，晚上还陪着我去逛敦煌夜市，吃当地特色的小吃。

旅程的第二天计划是去雅丹魔鬼城。旅游大巴来接人的时候，老板

还特意多塞了瓶水和一些水果让我带上，虽然觉得带两瓶水好麻烦，但是不好意思拒绝这一番好意，还是欣然收下。上车后，扫了一眼车内，拥挤的车内只有最后排空着一个座位，左边是一对情侣，而最右边坐了一个窝在角落睡觉的男生。

这便是我们的第一次见面，在大巴车里。

到达景区后，你一抬头，我心想这懒鬼总算是醒了，倒是让我看看是个什么样的家伙。瞥到你一副没睡醒的浓眉大眼，睫毛又长又翘，有些卷卷的头发，像极了英剧《福尔摩斯》里的卷福。

怎么心突然扑通蹦了一下！

可能是坐车有点久的缘故，你站了起来，拍了拍坐在车门口的一个男生的肩膀说：“有没有吃的？”那男生回答：“没。”

“我有！”鬼使神差的，我突然蹦出了一句，插在你们俩的对话里。出发时老板多塞给我的东西，毫不犹豫全部拿出给你。“谢谢啊”，你回了我一个巨温暖的微笑，和一块士力架。

这便是我们的第一次对话，因为肚子饿。

“前面那个男生是你朋友吗？你们为什么不坐一起？”

“嗯啊，我们两个一起来的，他不喜欢坐后面就自己坐前面去了。”

“原来你是和朋友一起出来旅行呀，一个卷福一个花生咯？哈哈！”

我和你热烈祥和地交谈着，聊着那些去过的地方和感受。你说你叫吴哲俊，朋友都喊你吴哲，你用手指在空中比划着，写在纸上是一个数字加一个字母：5z。家在广西南宁的你，竟和我同岁，双鱼座，在上海读书，毕业后就留在上海工作，这次是辞职出来的。我，熊佳雯，巨蟹座，一个武汉土生土长的女生，大学毕业后在迪拜工作了一年，回国后就待在武汉工作。这些表格般的信息，在我的脑中反复转了几圈，不同的城市不同的际遇，倘若离开了敦煌，彼此应该也不会有什么交集了吧。想到这儿，我脑子就空白得像一张白纸。

记得一部电影里提过，番茄乌梅，这道台湾的小吃，听着就知道它们根本不可能是一对嘛，把番茄切开，再酿乌梅。有一个人在吃乌梅，然后旁边有个人塞给他一个番茄，他把两种味道一混合，越吃越觉得……特别，也许真的是有可能的。

夜闯鸣沙山

“我俩住的青年旅馆厕所好像坏了，老有臭味飘出，真想换……”

“换地方住是么？来我住的这家青年旅馆吧！”听到你们的抱怨，我强烈推荐了老板家的青年旅馆。

你们很快就答应了，下车后拎着包就来了，就这样我们住到了一起。老板看到又来了两个帅小伙开心极了，拉上所有房客（其实也就 4 个……还有一个福建的女生）去吃敦煌夜市的烧烤。我们点了些肉串，镶和当地的啤酒，一桌来自各地的人其乐融融地谈天说地，喝酒吃肉。旅行中遇见当地人，跟你讲述当地的历史文化，感受民风民俗，吃到地道的小吃，还能结识不同地域和经历的朋友，实在是幸福极了！

“晚上咱们能进鸣沙山么？”你突然冒出了一个如此神奇的想法。

“理论上是不行的，大门关了。”老板的女儿突然接话，“但是我知道一个地方可以翻进去，要不我带你们去试试？”

半夜 11 点多，我们便随着老板女儿的领路来到了大门旁的一条小道。不过她并没和我们一起，于是我们房客四人小组开始了“夜闯鸣沙山”行动！（大家不要效仿哟，要购票进入景点，做文明旅行者。）

周围环境特别黑，没有路灯，没有月光。你用手机微弱的灯光照着路，同时牵着我，说抓紧了，别怕。那一瞬间，我的心突然跳出好多只小鹿在乱撞，就快撞死了。我们蹲着身体前行，穿过了一个亮着灯，有电视声响传出的值班室，来到小路的尽头，是一间骆驼棚。由于前天来过鸣沙山，我一下就认出了这个棚子，我小声地说道，翻过这个棚，里面就是鸣沙山了！

骆驼棚子里靠墙的位置，堆着许多阶梯状的草堆，第六感告诉我

草堆旁就卧着几只骆驼，还时不时地发出类似呼噜声的声音。我们踩着骆驼的口粮，绕过呼噜声响，刚准备要爬上去，这时，突然从黑暗的角落里发出了骆驼脖子上的驼铃声，我们听到声音却看不到睡着的骆驼们。由于隐约感觉到值班室有动静，我们又赶紧猫下了身体。简直就是四个飞贼嘛！

你带头从墙上跳了进去，然后在下面接应我们。第二个跳下去，第三个，最后轮到我，跳下去的时候，你一把接住了我，很结实地接住了，啊啊啊，我心里的小鹿又出来了，脸刷一下就红了，不行不行，不能被发现！我连忙从你怀里“挣脱”了出来，装作若无其事地说了句，谢啦。

终于进到景区里面的我们，平生第一次看到沙丘和天空连成一色，像墨一样深邃，而漫天的星辰，是大自然送给我们最美的礼物。我们四人在偌大的沙地里跑着叫着，不知不觉的，就爬上了最高的沙丘，“一望无际”这个词变得如此贴切，加上不远处倒映着皎洁月光的月牙泉，夜晚才是大漠真正狂野的样子吧！你和我说，大漠是移动的，它被风带着走，沙丘的地形每天都不一样，而我就目睹着这一切，天空中是风和沙热情的舞蹈，伴奏的是呜呜咆哮着的风声，一切都显得好浪漫。

分开旅行

从鸣沙山回到青年旅馆已经是凌晨两点，得知大家之后的行程都各不同，心里突然有些落寞，虽然知道告别是或迟或早的事，可是没想到这么快。回味这一天的行程，觉得好微妙，可是对于没法改变的事，好像也只能选择接受。

第二天到中午才醒来，老板说那两个男生很早就出门了，低头看了看手机，没有收到你的告别短信，看来是我自己想太多。直到傍晚我坐火车去青海湖，手机微信声才响起：

“白天在榆林窟没信号，回来的时候你已经走了，都还没来得及跟你说再见。”看到这儿我眼泪都差点掉下来，是啊，我们还没好好道别就这样可能再也见不到了。

一条新微信传来：“青海湖现在在下雪，天

气不好 :(不如你明天回西安，然后跟我们一起去夜爬华山吧？”我假装考虑了 5 分钟，其实只思考了 0.1 秒后就答应了这个邀请，火车到兰州后立马冲去售票处改票去了西安。不要问我为什么 ~

我都快等不及再见面的画面了，虽然火车一度拖延了到站时间，迟迟未到华山真是感觉心力交瘁。但是最后终于在华山脚下看到你熟悉的身影的时候，我就像打了鸡血一样活蹦乱跳，满血复活！你摸摸我的头说，你终于来了，累坏了吧！我害羞地摇了摇头说，走，出发啦！

爬了一通宵近 10 个小时，结果第二天早上云太厚没能看到日出。虽然有遗憾，但是一路上山有你陪着我，鼓励我的画面，我一点都不觉得遗憾。

有时爬得都快没气儿了，有时山太陡要四肢并用，有时真不想再爬了，但是走在前面的你都会过来拉我一把，偶尔会跑到我身后面推着我，为了不拖后腿，我也拿出了这辈子从没有过的毅力。

你的好朋友年假余额不足，飞回去工作了，而我的假期已经到了末尾，面对我的邀请，你很爽快地答应了，我第一次带着你来到我的家乡，武汉。在回去的火车上，我们无话不谈，从过去到现在，从工作到朋友，从兴趣到理想，两个水相星座的人就这样不谋而合了。你在武汉的那几天每天都带你去不同的地方，吃所有我最爱的美食，我要把所有最美好的都分享给你。

几天过后的早上，你跟我说了要继续旅行下去的计划，目标是走遍整个东南亚。一听到这儿，我下午就去递交了辞职信。虽然已经不是疯狂的十七八岁小女生，可是还是心甘情愿选择了跟着你走。晚饭的时候，我说，我也辞职了，带上我吧！你惊讶极了，跳起来开心地抱住了我，就这样，我登上了你这条贼船。

我们叫歪记

我们的家长很快就知道了这个故事，也知道了我们下一步的旅行计划。家里的意见是支持我们的，记得临出发前，你的爸爸说了这么一句话——“既然你们是在旅途上认识的，那就应该在旅途上继续。”也就是带着这份坚定，我们就要上路了。

我们给自己起了一个名字“歪记”，取自意大利语“viaggi”旅行的音译，这也很符合我们，我们将一路拿着一本手账，歪歪扭扭随手记下属于我们自己的文字和插画，一路发生的故事都将是我们最真实的体验，也是我们最宝贵的财富。

“去往吉隆坡的旅客请注意，您乘坐的 ××× 航班，现在开始登机了，请带好您的随身物品……”机场广播员甜美柔软的声音打断了我跟随雯雯的甜蜜回忆，我才发现不知不觉我的手早已紧紧地攥着雯雯的手，而雯雯也已睡醒，一双大眼睛紧紧盯住我，似乎在说“哼，偷看我日记”，然后我们彼此会心的一笑。于是我们合上电脑，收拾好心情，抛开疲惫，向登机口走去，向东南亚走去。

首战告“劫”

飞机降落在吉隆坡 KL 机场跑道的时候已经是晚上了，我们还在回味飞机上看到云霄上的日落。落地后一下真没缓过来，虽是一色的亚洲面孔，但是他们的嘴里永远不知道念叨着什么，广告上的文字完全没有横竖撇捺。我们一心只想着，赶快到唐人街住下来吧。

马来西亚的英文是很奇怪的，或者说马来语和英语很相近，但还是有些不同。机场出来坐轻轨要到一站转站的中心大站点：KL Sentral，我就问雯雯是不是我英文太差了，应该是 Central 吧？直到后面我看到警车上写的是 polis，我才明白这点。

这儿的唐人街叫茨厂街，我对它的第一印象就是大红灯笼高高挂。街边的小贩陆续收拾摊位准备收工，一些红柱子旁边站着身材高挑的马来面孔的女人，叼着烟，眼神飘忽不定。这时雯雯使劲掐了我一下，我说，“嗷！你仔细看看，她是男人。”

此外，我发现会说粤语在这里竟成了一个小优势，至少在茨厂街内是吃得开的，一些馆子的老板一听到我张嘴，原来眉头紧锁的脸一下就会释放出笑容，多多少少会和我聊上几句，最后还给个折扣什么的，棒极了。

第二天一大早我们就起床了，我们在出发前看到过一个帖子，大致

是说世界上的台阶景点排名，其中排名靠前的就有吉隆坡的黑风洞（Batu cave）。我们比较倔强，去任何地方都不喜欢坐出租车，近的就用“11路”，远的就乘巴士然后再“11路”。因为交通也是出行计划的一个部分，选择了出租车就好比选择了捷径。能自己找其他方法就不依赖那些方便的选择，有些人说这很自虐很折腾，谁说不是呢~但这才是旅行的乐趣之一啊！

到黑风洞要乘坐U6线的公车，我们一边找车站，一边询问警察，好不容易找到车站，可是我发现公车过站居然都不，停，车！这是什么情况？！在目睹了好几辆U6路过后，旁边一位当地的妇女终于忍不住了，和我们打了声招呼，用英文解释道，这里乘公交要招手才停的，否则即使到站也不会停车开门。感谢她之后，她的孩子捂着嘴对着我窃笑，我也只好尴尬地回笑了一下……

在回来的路上，雯雯一直跟我抱怨黑风洞里猴子的猖狂。

“我的水壶被它们拿走了你居然不帮我！”雯雯一脸委屈。

可是那个场面是，那只猴子跳上了她的背包，接着雯雯就像衣服着火了一样，一路小跑飞奔下台阶，边跑边甩手，然后就一路啊啊啊地惨叫，那画面，真是惨极了。

“我追都追不上你，而且那只猴子也被你吓得不轻好不好，早就吓跑走了你还没停……再说了，我那时只顾着笑了”说完我又笑出来了。

我们好像因为聊天下错了站，于是饥肠辘辘的就窜进了最近的披萨店 pizzahut。全店就几桌人，我们找个窗边位置就坐下了，点完菜付完钱，俩人“大”字一开，就摊倒在凳子上了，包里的东西也全散在桌面上——太累了！黑风洞那楼梯整整 277 级，每级跨度也不小。尤其有个家伙被猴子扯水瓶时还上上下下地跑，像吃了“盖中盖”一样一口气上五楼不带喘的。

几乎每上一道菜，我们都把碟子吃光，旁边桌的俩小伙时不时惊讶地望一下我们。必胜客在吉隆坡的价格其实和国内差不多，而且付款可以刷银联卡或带 Master 字样的国内信用卡，只不过要加收 3% 的费用。

“走吧，买单，回去休息。”

“嗯……”我摸摸口袋，又翻了几遍桌上散落的东西，感觉有点不对劲。

“钱包呢！！？”（吓得我字都打歪了）

我反复地搜遍了身上桌上和地上每个角落，全身气力仿佛一下被抽空了，找不到。

这下怎么办？！旅行的第一站，就兵粮寸断了，而且我俩的所有卡都放在这一个钱包里，我脑子一下就懵了！别说在这儿，在国内遇上这种事都是让人巨头疼的。一定还在我们身上，只是没找到而已，对！我和雯雯开始掰着手指，回忆每一个去过的地方和做过的动作，包里的所有东西都被我们摊在桌上核对了一遍又一遍。

完了，钱包真的丢了，被偷了，而且是在吃饭的时候，就在转眼之间，是被来往的人顺走了？还是店员做的？完全没有头绪，简直是蠢爆了！！我甚至想到了接下来要发生的现金用尽、露宿街头、遣送回国等等可能。

也许此时勉强能算做好

消息的，就是我们分开放置了部分现金，在旅行包内袋里，支付了这次餐费后，我们马上联系了中国大使馆，结果只得到了一通同情和安慰。我们用最快的速度口头挂失了信用卡，值得一提的是，在东南亚地区有办事机构的中国的银行是无法完成正式挂失和补办卡片业务的。跌跌撞撞，最后我们只好找到了附近的警察局，报案时我们也顾不上语法词汇了，加上肢体语言，请求警察帮忙调出餐厅的监控摄像，希望找到线索和证据，然后就是漫长的等待答复。

回酒店后，我们整理了一下，钱包里有约 100 美元，俩人所有的信用卡和身份证（苍天啊，为什么我们要共用一个钱包？！），身上只剩下两本护照和 800 美元，这可不能再丢了。可是巧妇难为无米之炊，光靠这些美元是肯定不可能走完东南亚的。那么问题就来了，还要不要继续走下去呢？尤其是

想到打电话告知我妈时，她那“幸灾乐祸”的表情——“我就料到你们要丢东西，你们也别走了，赶快回来吧”。

于是我拿起纸笔，边想边写下解决办法。a. 网上银行：支付宝内还有钱，尽量使用网上支付，避免使用现金，紧急的时候可以找中国的游客，用支付宝套现；b. 支票汇款：向家里求助，使用电汇、支票等方式获取现金；c. 打道回府，结束行程。c 想都不想，b 是下下策，a 是较好的选择，我们要想尽办法做到的。沉默了许久，我拿笔一划，把 c 叉掉了，雯雯望着我使劲点头，既然我们选择开始旅程，那么一定要走下去，不管遇到什么问题，我们都要去解决，而不是逃避。

面对接下来未知的路途，我不知道雯雯心里是怎么想的，但是一个女孩遇事可以那么从容冷静，真是给了我很大的激励。可是就怕苦了你一个女孩子了，别人出来是度假享受的，我可不希望我们的旅途变成一个大麻烦，自己什么没做成，还殃及了别人。所以，我觉得未知的一切突然激起了我的斗志，无论怎样我都要 hold 住这场囧途，不求万事圆满，但求一路开心快乐。

蹲在双峰塔下吃盒饭

在换了一家香港人开的南洋旅馆后，我们距离茨厂街的美味就只有一条路之隔，早晨打开窗户收衣服的时候，楼下就是早餐开市的景象和开始了一天忙碌的出租车流。

在前台纯正粤语的推荐下，我们健步踏进了这一带比较出名的一家福建面馆，金莲记（Kim Lian Kee）。点了两份肉羹云吞面，一碗红油，一碗清淡，就像我们今天的穿衣一样，一袭大红裙的雯雯，一套白T牛仔裤的我。一边吮吸着面，一边计划着重新恢复元气的一天行程，就“刷”三个地方：中央艺术坊，国家博物馆和双峰塔。因为想看到夜景的霓虹，我们将双峰塔留在了行程的最后一站。

下午我们就来到了双峰塔，经过楼下的星巴克时，让我想起我们在西安的旅途。那是爬完华山的第二天清早，我俩各自退了青年旅馆的床位，拖着行李来到鼓楼下刚开门的星巴克。我说，我以前也在里面打过工，我做的咖啡很棒，然后试着跑去和“绿围裙”说，能让我进去做杯咖啡么？结局当然是被拒绝了。我们坐在窗口，有一口没一口地喝着烫咖啡，两个刚认识的人绞尽脑汁地想着临时决定的行程，不知道下一站应该去哪。那天离开店时，我还拍着胸脯说，天天做杯新鲜的咖啡给你喝。

“今天周一，正好双峰塔休息不开放，看来我们只有下次再来啦，我们可不是没钱买门票上塔哦，是吧？”这下尴尬了，我接着圆场“要不我们在星爸爸里面喝点东西，等晚上看夜景吧！”

“还是不要进去了吧，我们在外边坐一会儿休息一下就好了。”雯雯很为难地说。

听到她说的这句话，说实话我心里很复杂，我知道我们走了一天都很累了，但我不知道的是，她是不是真的愿意做出一些妥协，特别是在现金不多的情况下。但是同时身为男生，我不希望女生风餐露宿受苦，连“坐下好好休息一下”的要求都无法满足。

“累死了，走，我们进去坐着！”我说。

我拉着她，径直进门点了一杯本周咖啡，还要了一杯水。“你可以让他们加一下鲜奶，调味台那儿自己调味就可以了，我们可以享受好一会儿呢！”我笑着说“这么点最划算，不贵，而且还可以让咱好好地休息一下，还不用让你在外面吹风喂蚊子。”

“好厉害！”她被我说服坐下，“看来有个咖啡师男朋友很棒嘛！我喝水就好了，我要写明信片给朋友们，多出来的那些明信片我会挂在淘宝上代寄出去，希望能给大家带去祝福。顺便也补贴一下路费吧！我们现金不多，但是我们还是可以把快乐分享出去的！”

她并没有觉得是困难，反倒是一种快乐，“待会儿，我们去底下的超市买些熟食吧，蛮便宜还可以吃饱。”她边写着明信片，边说。

就这样，坐在双峰塔正下方的台阶下，端着两盒盒饭，我们吃上了今天最豪华的一餐，因为我们坐在马来西亚最繁华的地段，最美丽的地标下，我分给她吃她最喜欢的土豆，她分给我吃她的米饭，怕我吃不饱，我们全部吃光了，一粒米都不剩。终于，在我们的嬉笑中，天色很快就变暗了，我们前方的音乐喷泉开始跳了起来，两座塔的灯光唰一下全亮了。我久旱逢霖的立马掏出相机，记录着霓虹下的双峰塔，周围的人们，还有嘴角还残留着土豆碎的雯雯。

和我们出发前做的准备工作相比，这些困难都不值得一提。我们在北京花了近2个月的时间，自己跑遍了泰国、马来西亚、新加坡、柬埔寨和老挝的大使馆，有时材

料不够，还反复跑了不知多少趟。这些签证每一张都是我们的心血，只有这些签证每张都被盖上了海关的通行章时，才能对得起我们自己。

一杯本周咖啡，两份盒饭，加起来不超过 25 马币（50 元人民币），但是我们获得了许多光影绚烂的照片，我们把许多份漂亮的心情分享给了国内的朋友们，最重要的是，我们知道了，只要你愿意，吃饱喝足原来可以如此简单。

微笑奶奶

得到警察局的通知后，我们再次来到那家 pizzahut，事情并没有得到解决，由于必胜客的区域经理不在，因此我们和警方还是不能看到监控视频的内容。而我们在吉隆坡停留的时间只剩最后一天，丢钱包的事只能草草收尾了。

中国有两个著名的水利工程，一个是成都的都江堰，另一个是桂林的灵渠。古代时李滨主持修造都江堰主要是为解决岷江洪水给四川大地带来的灾害。都江堰最终造福了成都平原使之成为粮仓。桂林兴安的灵渠，它是世界上最古老的运河之一，也叫湘桂运河。其主要用途是军事上运输粮草等军事物质，是秦始皇为平定广西等“南蛮之地”特意修建的工程。而秦始皇平定南方屡屡兵败，不是因为兵力不济，却是每每大军横冲直入，可背后的粮草辎重屡遭劫掠，没了粮草，只能打道回府。而在灵渠修成后，联通了湘江和漓江，从此粮草可长驱直入抵达广西各地，很好地帮助了

秦始皇收复“南蛮之地”。

仔细想想，我们也享受到了秦始皇的遭遇，也算是皇室的待遇了……但是古代人花了数十年修筑一道运河解决问题，而如今我们可以通过网络及时采取措施，减少损失。在接下来的目的地，我们要找到一个覆盖全球（东南亚）的汇款服务，解决我们断粮的问题。

从警局回来的公车上，一车陌生的面孔中有一位中国面孔的奶奶，面相慈祥极了，主动用粤语和我们聊起天。奶奶和我们交谈始终带着微笑，原来她是土生土长的马来西亚人，后来自学粤语，在60岁的时候自学英语。在交谈中，奶奶听说我们弄丢了钱包，表情一下就变凝重了，说话的语气数次哽咽。她说，年老了以后，对周围的人遇到的不幸，都感同身受地觉得伤心，尤其是两个年轻人在异国他乡，真的很不容易。说着说着，奶奶眼睛有些泛红，拍拍我的肩膀说，你们很厉害，这样也敢继续走，我向菩萨替你们祈福，希

望保佑你们之后的旅途。

奶奶原来是信佛的人，而在前些年的时候，由于一次突然的中风，让她差点没挺过来。可是在病床上有一天她做了一个梦，梦到菩萨向她伸手，带着慈祥的微笑，于是奶奶很神奇地苏醒了过来。按照她的话说就是，像换了一个身体一样的有气力。奶奶现在精神很好，身体也恢复了很多，只留下一些后遗症，腿脚不便。今天就是自己坐公车去针灸理疗的，她一直相信，善有善报，是向佛的诚心使得她从病痛中重新获得新生。她说她还要继续帮助身边的人，为他们祈福，给他们力量，这样她感到发自内心的快乐。

临下车，我们让奶奶坚持接受针灸的治疗，而在精神上，却是她治愈了我们，让我们一下豁然开朗许多。一路上遇到的人是缘起，发生的故事是缘聚，无论这些人和事随风飘散，还是永远记在我们心里，则是缘散。我们也要延续着这个缘分，尽我们的可能给路上的人们带去些什么，而不是一味的索取。这些才是我们最宝贵的财富。

在吉隆坡的最后一天行程，是云顶高原上的旅程，起初天气有些阴沉，感觉像要下雨，然而在穿过山间弥漫的白雾后，阳光就肆无忌惮地洒在我们脸上了，高原上的“城堡”也露出了真面目，高楼、游乐场、停车场……有趣的是，今天恰好是旧式缆车运营的最后一天，之后的日子就会暂时关闭 Skyline 索道，更新成阿瓦娜缆车。

旧的不去新的不来，不管遭遇多少不顺利，旅行始终要带着一份美丽的心情。

晚安，吉隆坡。

吉隆坡 Tips:

1. 签证：准备护照及两张近期两寸照片，去大使馆指定位置填好表，缴费 200 元，过了 3 个工作日就可以拿到签证。签证有效期 90 天，可停留 30 天。如果持有去第三国的往返机票，可以申请马来西亚 5 天的免费过境签证。

2. 在机场乘坐 sky bus 比乘坐 KTM 快线省 25 林吉 / 人。

3. 指物品或方位的时候，要用右手大拇指。

4. 巴士不是进站就停的，在车站看到车来了要招手才会停。

5. 黑风洞免费，但是着装长度不能在膝盖以上。尽量不要提包，不然会被猴子抢。

6. 一定要注意随身财产的安全。

7. 能坐轻轨大巴，就不要坐的士，不然你懂的。

8. 机场汇率比较低，中央艺术坊附近有些小金融机构汇率较高，云顶上面的汇率也可以。

9. 住宿有的是公共浴室，有的不含服务费和税，有的是电扇不是空调，预订的时候要看清楚。

10. 去云顶建议买好往返车票，不建议买 50 多元那种套餐。

11. 吉隆坡的插座是美标的，要带好转换电源。

第二章 火候不够

午夜出租车

晚上好，印尼巴厘岛，这座大家纷至沓来的度假海岛。

我们并没有提前办理印尼签证，因为这里可以落地签！只要出机场就可以看到一个通道，35 刀，再填张表就 ok 了，表格样板有两份，中文和俄文（这是社会主义老大哥享受到的优良待遇么？）。出机场后，我们瞎转悠了几圈，得知晚上 9：00 之后，到巴厘岛上各地的区间巴士（shuttle bus），小巴（bemo），都停运了。看来只能打车了，要注意的是，黑色的出租车是机场专车，价格较贵，蓝色的 Blue bird 旗下的车辆，司机服

务态度很不错，而且价格较合理。

司机大哥人挺好，麻利地帮我们将行李装进后备箱，然后直接出发了。我们的路线是先到巴厘岛的腹地，乌布地区，然后再向周围辐射。从机场到乌布大约有 40km，有一些地段道路很窄，但是司机大哥不是这么想的。在对面有来车的情况下，大哥毅然选择了加油门，而来车也丝毫没有要减速的意思。然后，嗖的一声，两车擦肩而过，像击了个掌，give me five！

在开到一半的时候，我感觉司机大哥有些不对劲，他时不时开始点头，我去！该不会大哥睡，着，了？！我立马开始拍醒大哥，各种聊天问问题，大哥家住乌布么？家里几口人啊？有孩子吗？大哥用英文流利对答，嗯，我家就住乌布地区，家里有一个儿子一个女儿。然后又不说话了啊，继续开始点头了！还是在打盹啊！！

然后车子一个踉跄，他醒了，回头问了一句，“Are you ok？”ok 你妹呀！明明是你睡着了好吗！没看见我们俩十指相扣，抓着扶手，眼珠子都要瞪出来了啊？我说，大哥你是不是睡着了啊，快清醒一下啊！

一个急刹，车子停到了路边，大哥下了车，拿矿泉水噗的一下倒在脸上，开始洗脸。接着他点起一支烟，开始做运动。

“Sorry，I’m so tired tonight.”大哥歉意十足，然后给我递来一瓶水和一支烟。我想大哥也挺不容易的，便给他加了个油，鼓了个气，休息了几分钟后，继续上路。

接下来的路上，我们一直在聊天，看来他是真清醒了，松了口气。但是车子依旧是以破百的时速在乡间小路飙啊，真的是在飞。我和雯雯在后座早已经抱在了一起，闭着眼，可以脑补一下，那画面太美，我不敢看。我说大哥咱不急，可以慢点。他说，我想早点收工回家，看看老婆和孩子。我说，我们想见到明天的太阳啊。然后他就笑了，终于肯放慢下来，仪表盘上的数字才得以降到 80……

终于，我们很快来到了乌布，真是每一秒都很深刻。大哥将车停在了一个小巷口前，帮我们用电话叫民宿的老板出来接我们，40km 收了我们 20 刀，然后索要了我们 2 刀的小费。算了，咱都不容易，大哥辛苦了，生意兴隆……

好不容易过了这一关，下一关又来了。巷子里没有灯，一片漆黑，但是有很多双眼睛在对着我们吠。乌布挨家挨户都用汪星人看门，而且最重要的是个头很大只，还都没有用绳子拴着！我们每走一步，就多吠十几声。在深巷里又岔出一个十字路口，这时在那儿已经守着 3 只汪星人在低吼，好像在说，你们敢过来我就撕碎你们。

这时路口微弱的灯光下出现了一个影子，呼，老板终于来救我们了，结果是第 4 只汪星人出现，还是冲出来的！妈呀，我们撒腿就想往后撤，仔细一看汪星人后面还跟着一个很壮实的人，对着我们招手。呼，真的是老板来救我们了，他对着那几只路霸们喊了一声，它们就退去了，我们便一路狐假虎威地穿过了汪星人的地盘，来到了这间深巷里的民宿“Made Arsa Homestay”。

乌布学厨记

Made Arsa Homestay 与其说是一家民宿，不如说是梅阿瑟他们一家的大庭院，用红砖砌起来的围墙并不是很高，红砖上是倾斜的瓦片。他们家门口就已经很有当地特色了，两座小神龛上都有特殊的雕刻，里面放置有蕉叶做的小盒子，盒里装有米饭和菜。门口边停着许多雅马哈摩托车，那是他们的停车间（此地从电器到交通工具，基本都是日产货）。前院地势较高，有 2 间客房，后院地势下降，有 6 间客房，前后院靠一条斜坡走廊相连接。院子中间是一座大型的神龛，有小门可以进入，里面有神像，主人说女性是不能进入的。

后院铺满了绿皮草地，绿地上长着各式各样的树木，我印象最深的，其一是蒲桃树，它长得很像植物大战僵尸里的窝瓜，比荔枝树稍大些。我们来的时候（10 月）正好是果实熟透的季节，许多成熟的红色蒲桃果实会掉落在地上。其二是鸡蛋花树，鸡蛋花虽是老挝的国花，但是在印尼却也不输几分。每天也会有许多鸡蛋花飘落在地上，梅阿瑟一家会用簸箕收集起来，在大神龛前晒干。鸡蛋花也被称为“庙树”，可见其在当地的宗教意义也非比寻常。事实上，雯雯每天都会头戴一朵鸡蛋花出门，风雨无阻。

我们住在后院里的一间带电扇的客房，折合人民币 60 元一晚。房间里挺干净的，房间外有公用的厨房供客人使用，咖啡、茶水随时供应。我想，这个价格和配套条件在国内应该很难找到吧。

梅阿瑟是家里的长子，年纪和我们相仿，他毕业于爪洼岛上一所不错的大学，之后在登巴萨机场工作，现在刚好辞职，回家帮忙打理民宿生意。他长得很本地，个头挺高也很壮实，说话语气很温柔，平时特别热心，我觉得，他在当地一定是个暖男级别的美男子。梅爸和梅妈和他们的儿子一样，也是相当和蔼的人，脸上始终挂着微笑。他们虽然英文不是特别好，但是总会像照顾孩子一样对我们嘘寒问暖。总之，梅阿瑟一家感觉就和我爸妈一个模子刻出来的，特别亲切，我们一直聊得很投机。梅阿瑟的弟弟还在念大学，每到周末才会回家住，我们并没有接触到。

第二天一早，我很自然地去找他们聊天，我说，不如晚上我们一起吃

顿饭吧，不知道你们愿意么？

“No problem.” 梅阿瑟说他们很乐意，“How about tonight？ We also have cooking class here.”他们家还设有厨艺课程。

“Realy？ We can exchange the cooking skill！”我说，我很想学，还想做我们的家乡菜给他们尝尝。

“Cool！ See you afternoon,4 ：00.”梅阿瑟微笑着伸出四根手指，“Don’t be late.”一言为定，下午四点见。

我的兴致一下被点燃了！由于在外读书工作的时间较长，都是一个人生活，平常我就喜欢自己下厨，在家里我也喜欢蹿到厨房帮外婆和老妈做菜。而这次出来旅行，我还有一个愿望，就是把沿途的好吃的菜学会，而且要最地道的口味。回家后，即使我们不再旅行了，我也可以让雯雯在家里尝到东南亚的味道，回想起我们在路上时的经历。很多人说，生活里有许多琐碎的事，对我而言，生活里的每一个元素都是充满乐趣的，与其让它们变为琐碎，不如让它们发光，变得漂亮，融入身体里，成为一种习惯和自然。

我们找梅阿瑟租了一部自动档摩托车，租金折合人民币20块一天。上午到距离乌布8km的德朗梯田，下午回到乌布，去大皇宫和乌布手工市场。其实这段行程是很棒的，既有当地特色的自然景观，也有气息浓厚的历史古迹，还有当地手工制品。但是，我稍显得有些心不在焉，就盼着太阳下山的那顿晚餐。

接下来就到了最重要的环节——吃货们，中华小当家5z手把手带你们走进印尼菜的世界。Dirty duck脏鸭餐是当地很出名的一道菜，但是由于要彻底除腥，鸭子要用特制的腌料腌制很长时间，梅妈没能教上我这道菜，超级遗憾！

第一道

Nasi goreng在印尼语里的意思就是炒饭，这道当地很普遍的家常菜流传到国外，就变成了口碑极高的印尼炒饭。梅妈把准备好的食材端到砧板前，让我记住：鸡肉丝，干辣椒，洋葱，大蒜。而这些不是重点，重点是印尼神奇的调料君们，它们是Kecap Asin甜酱油、Sambal Asli蒜辣酱、Saos Raja Rasa高级酱油。小当家

配料 material

米饭（冷饭较好）	1碗
洋葱	适量
大蒜	1瓣
食盐	1匙
辣椒	1颗
白胡椒粉	1匙
鸡肉（切丁）	100-200g
菜叶（不限种类）	适量
Kecap Asin 甜酱油	1匙
Sambal Asli 蒜辣酱	1匙
Saos Raja Rasa 高级酱油（或生抽代替）	1匙

制作 step

1、洗净青菜，洋葱，辣椒，大蒜，并切段，鸡肉切丁；

2、锅中加入少许油，待油热后，加入蒜、洋葱和辣椒，加入鸡肉，再加入菜叶，爆香；

3、加入米饭翻炒，炒松软，加入调味酱料，出锅！

我当时尝了一遍后，一下就脑补出了在国内这些调料的代替品，不知道各位吃货们想到了么？之后的工序就简单多了，油锅热了以后，和着米饭一通翻炒就可以出锅了。

第二道

Gadogado 在印尼语中是杂菜的意思，青菜拌上特制的花生酱成就了这道甜而不腻的拌菜。当问到特制的花生酱时，梅妈掏出了一个石制的研钵，把轻微油炸的花生、黄糖、青柠汁、鱼露一起倒了进去，然后手把手教我，一边研磨一边加少许水，研磨程度不需要特别细，只要自己尝着合口感就可以了，这道菜的难点也就在这儿吧。之后把青菜放入沸水中，这里用的是空心菜和豆芽，焯完过冷水后就可以摆盘了，把之前做好的花生酱浇上去即可。

第三道

Satay 就是沙爹，其实是马来西亚的美食，一种特制的烤肉，但

配料 material

必备材料	研磨钵（研磨棒）	1套
	青菜	适量
	黄豆芽	适量
	花生米	适量
配料	青柠	2个
	鱼露	10克
	黄糖	10克
	食盐	5克
可选	豇豆、小茄子、窝瓜、辣椒……	

制作 step

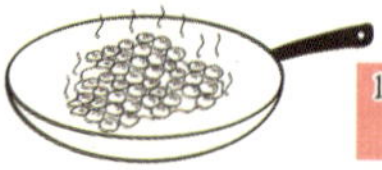

1、将花生米放入锅中，加少许油翻炒爆香；

2、将炒好的花生米放入研磨钵，加少量水并研磨。反复此步骤至花生完全研磨成浆状；

3、向研磨钵中加入黄糖（可用刀削成片）、青柠汁（切取半个青柠挤出）、鱼露、食盐；

4、大火将清水煮沸，下青菜、黄豆芽，迅速过水（1min）后捞出；

5、出锅摆盘，浇上研磨好的花生酱，最后将剩余半个青柠挤在菜表面上，完工！

是早已广泛流传整个东南亚，也是印尼人很喜欢的一道菜。梅爸在地上支起了一个烧烤炉，准备生火，梅阿瑟将调味料和着鱼肉打成了筋道的肉泥，雯雯将肉泥捏在了竹签上，形状参见麻辣烫里的里脊肉签。

学完这三道菜后，我才想起曾经说过要做一道家乡菜给他们，糟糕，他们也不懂我要做什么，没买其他菜啊！翻遍了整个冰箱，只找出半只菠萝和炒饭剩下的鸡肉，可以做一道菠萝炒鸡丁，这是哪门子的菜系啊！得到梅妈允许后，食材到手，不管了，就这么硬着头皮上吧。麻利地把菠萝鸡肉切丁，接着在腌制鸡肉的时候，我就被围观了，因为找不到料酒，我就用了一些啤酒，而且他们也没有生抽这一说，只能用 Saos 代替，这么一来，真的感觉很奇怪啊！就连我自己在下锅翻炒的时候都在想，这……真的好吃么？梅妈一边学一边问，这道菜在中国一定特别有名吧，叫什么名字哟？我苦笑了一下，起了个名“Pineapple fried chicken”。梅妈说，好，记下了，明天我也要自己做来尝尝。

出锅，上菜，自己悄悄尝了一口菠萝鸡丁，感觉这样腌肉竟然味道还不赖，真不愧是中华小当家啊我，呵呵呵呵！果然，由于菠萝炒鸡丁这组合别说国外了，国内都实属难见，加上味道也不差，他们一下就抢光了，连汁都不剩，一边吃还不忘一个劲地给我竖大拇指，简直太出乎意料了！接着梅阿瑟就教我们当地的吃法，洗净双手后，不能用左手，只能用右手抓食物，用食指、中指和大拇指，先抓起一些 Gadogado，再抓少许米饭，蘸一些调味酱，然后一口吞下。一时间，调料在舌尖炸开，多种味道在味蕾上回荡，再拿起一串烤得金黄酥脆的沙爹，全部咬下，不放过竹签上一点肉渣，这，这味道不就是失传已久的印尼佛跳墙么！咳咳，太夸张了，适可而止……

其实，令我难忘的不只菜肴，还有和梅阿瑟一家吃饭聊家常的时光。这个大院子里原来住着的都是梅阿瑟家的亲戚和朋友，在巴厘岛，邻里的关系是非常和睦的，梅阿瑟家算是小有名气的一家人。梅爸还拥有一家手工木雕店面，他和我们说，这边做生意不容易，铺面费不菲，相较之下，家庭民宿更风生水起一些，毕竟巴厘岛是个旅游城市，他们还要继续扩建一些有空调的房间，来满足更大的客需。

而说起回家帮忙打点生意的梅阿瑟，帮家里不少忙，特别是在网上这方面，家里人都是赞不绝口。梅妈摸着梅阿瑟的头，说他是个腼腆的人，有一个谈了很久的女朋友，偶尔会带回来吃饭，和今天的场景其实蛮像的。一听到这么八卦的消息，我们就调侃说道，梅妈是想要看孙子了，他们全家就哈哈大笑起来。

对于梅阿瑟一家而言，旅行者给他们带来收入，也带来了更多平常得不到的思路，他们对不同文化的包容度很高，非但没有放弃自己的文化特色，反倒融进了各异的旅行者的旅途体验里，亲切而自然。对于我们而言，今晚不只是厨艺的交换，也是不同文化的一次冲撞，迸发出很奇妙的火花，得到的绝不仅是记在纸上的菜谱。

被冲浪

巴厘岛的天气简直就是为度假而设计的，风轻云淡，因此太阳的直射也是避免不了的。如果带的防晒霜 PA 值后面没到 3 个 +，那就像我们一样，等着和非洲朋友打招呼吧！这一站，我们来到的是著名的 Kuta 库塔海滩区。

Shuttle bus 抵达 Kuta 区最热闹的主街，竟是单向行驶，大巴、出租、突突车（一种东南亚特有的载客三轮车）都从海滩方向朝我们迎面开来。而我们网上订的酒店在海滩边，说起我们这次订的酒店，雯雯功劳最大。前两天晚上，雯雯在 booking.com 上搜索着 Kuta 海滩边的五星度假酒店，基本都是 2000 元人民币左右一晚的价格，突然我们看到一家酒店正好在做限时活动，打 1.4 折，只需 200 元人民币不到，感觉背景音乐“哈利路亚”一下响起，心花怒放，立刻拿下。

五星酒店，比基尼，海浪，live 酒吧……在对我招手 say hello，只不过，这海滩怎么能那么远！我们背着加起来近 20kg 的行李，走了整整 5km 才到酒店，整件衣服都湿透了！不过，酒店的福利还是很值得的，送水上项目香蕉船、马杀鸡按摩、沙滩夕阳拍照、酒吧里的啤酒券，Free！全是我们的！

放下行李后的第一件事，就是冲向不远处的沙滩，海滩上随处可见捆成一落的冲浪板插在沙滩上。今天的风浪不是特别凶，看到海里一个个冲浪的美男子们，我心想也没什么区别嘛，不就是比我多两条人鱼线嘛，难道比不过？想当年，哥哥我从滑板到游泳，从溜冰到滑雪，从单排轮到独轮车，不说是极限运动一把手，好歹也是一枝花啊！于是心中暗自摩拳擦掌。

5 美元租下冲浪板，租板的小哥提前还略教学了一下姿势、要点、技巧什么的，接着问到“Understand？ One more time？”

“No problem！”我转头对雯雯说“昨天我是中华小当家，今天请叫我浪里白条。”

“真的假的，你就不再学一下？你就臭屁吧！”

热身 2 分钟，冲浪板后的胶绳在右脚腕上栓好。出发！哎呀……还没下水就被胶绳绊了一跤，有种不祥的预感啊！按照步骤，1 趴在板上，双手朝海浪划水，ok get √；2 转向，等浪来，ok get √；3 迎上海浪之后，双手移到腰部，好嘞，撑起！哎！？撑……咕噜咕噜……妈呀……咕噜咕噜……被打翻了……劈头盖脸就是一大口咸水啊！不怕，小失误，再来一次……哎哎哎！右脚被冲浪板给拽……咕噜咕噜……拽水里了……咕噜咕噜……艾玛，又吞一大口水啊！

站起来，浪里白条，我对自己说，你行的，站起来！好嘞，从水里起来了，甩掉脸上的海水，我去！又一个浪……咕噜咕噜……打了过来……咕噜咕噜……冒出头，咦，咦！板呢？猛地一下，右脚又被拽倒了……艾玛！哥我不栓脚了！解开，哥再来一次（不要在意这些细节）。

按着步骤，1 趴在板上，双手朝海浪划水，ok get √；2 转向，等浪来，ok get √；3 迎上海浪之后，双手移到腰部撑……咕噜咕噜……又被打翻了……冒出水面，这回脚没被拽着走了，可是板呢！？又去哪儿了啊！看到被打到沙滩上的冲浪板，我真是脑子进水了！

于是，我就在无止境的撑不起，被打翻，撑起，站不稳，被打翻……一时间板和绳和浪交织，翻滚着我，蹂躏着我。我看到沙滩上一群小屁孩看我看得特别起劲，一边学着我的姿势，一边在拼了命地笑。而在一边那个鼓励我纠正我的雯雯，也变成了笑得直不起腰的雯雯。真是惨淡的 1 小时，就当我给大家讲了一个笑话吧……

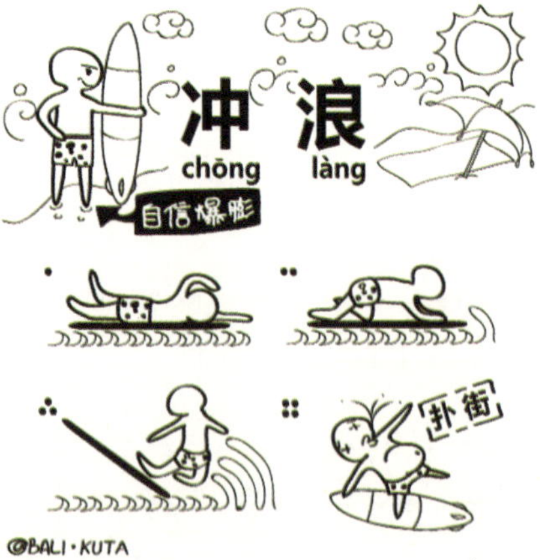

“你有没有带脑子啊！”

沿着海滩往主街逛去，一路品牌店 30% ~ 70%Off 的折扣牌，酒吧闪耀的霓虹，随着音乐扭得比麻花还夸张的男男女女，“朋克”进“脏辫”出的纹身店……这一切都在告诉我们，夜晚，才是 Kuta 生活的开始。虽然这些可能每个城市都有，甚至比这儿还好，但这里的迷人之处就在鱼龙混杂的人群中，随处能看到主动和你微笑打招呼的旅行者，你大可不必知道他们的面孔来自何方。当然也有私下拉着你买卖叶子的当地人，你也大可不必少见多怪，因为这里是巴厘岛，你要做的就是放下一切烦恼，事实上，到这儿的人们也是这么乐此不疲地享受着，当然这些镜头都被我用相机记录了下来。

拖着疲惫的身躯，我们回到了酒店，正准备好好洗个热水澡，安稳地会周公，这时，似曾相识的剧情出现了。

“你的相机呢？”雯雯环顾了下四周。

“我的相机呢！？”（吓得我字又打歪了）

你要做的就是放下一切烦恼，不是什么都要放下啊！这次我已经不用搜房间了，相机就是丢了的节奏。刚刚照过像的地方！时不我待，夺门而出，找相机！我们出门叫了两辆摩托车，雯雯和我分别按照不同的路线去寻找。

我去了那家品牌折扣店，感觉这儿杀气很重，我们刚刚在试衣间里换了衣服，是不是相机落里面了。下车冲进店里，唰的一把拉开试衣间的帘子，什么都没有。于是又叫来店员，此时已经是打烊的时间，但是他们还是很耐心地帮我查看监控录像。大概看了近1个小时后，摄像头是看不到试衣间的，而大门口方向的摄像头很模糊，丝毫没有找到任何线索。店长对我说，“太遗憾了，我们帮不上你什么，要不明天再说吧？”我想，店长的表情大意是“即使丢这儿了怎么可能还在？”“拜托我们要打烊了。”

一路上脑子依然是空的，由于搭着两辆摩托车分头找，来回绕路，走走停停，司机大概也知道发生了什么，最后回酒店时，要不是雯雯死咬着价格不放，我们差点被狠狠地宰了一刀。不愧是武汉妹子啊！不对，不是想这个的时候……

“我这儿全找过了，监控也看了，没有……”

“你有没有带脑子啊！”雯雯唰一下就哭了，“跟着你出来，我一直都想着没事，可以解决。可是这次相机也没了，我感觉压力好大啊！”

这是雯雯一路来第一次哭，还是撕心裂肺的那种，我除了难受也只能尽量安慰她了，这次感觉比丢钱包的感觉更难受。她看到我那张懵掉了的脸，又越哭越大声了，我只有装出一副很镇静的样子，拍着胸脯说，没事没事，一定找得到。这样一来，她才慢慢冷静过来，反过来准备开始安慰我。

“我们最后去的那家纹身店……它关门了……”雯雯抽泣着，“明天……最后试试吧，也许在那儿。”

又是一个不平静的夜晚，周公是见不着了，倒是做了一晚的噩梦，梦到丢东西的桥段不停重复着，怎么也没办法打破。真是一梦到天明，一身冷汗惊坐起来已经是早晨 7 点多。我们都没心思吃早饭，一路小跑来到了那家纹身店，店门紧闭，起太早了。我俩就像热锅上的蚂蚁，一直来来回回地踱步，老实不下来，我也才发现出门时衣服扣子也扣错了。

终于，纹身店老板穿着拖鞋，叼着牙刷，从店后面走出来，看到我们，嘴巴也张不开，就一个劲地发出“唔唔唔”的声音。直到他吞了一大口水“咕噜咕噜”把水吐了，开大锁，进到纹身间，翻这儿翻那儿地打开一个保险柜，拿出了一部不能再熟悉的 Nikon 相机。事情到这里我们才放下了心里那颗石头，长舒一口气。

老板接着又从保险柜里拿出一部 Canon 相机，指着我们这部机子说，“我自己也有一部，不过比你们好一点儿。”我草草打量了一下，型号好像是“无敌兔”什么的，记不清楚了，只记得脱口而出，老板你这部太牛了啊。雯雯也在一边开玩笑：“怪不得老板你不稀罕咱的相机呢……”老板乐坏了，立马递给我他的 Canon 相机，说用两部相机各合照一张，你们有时间可以来我这儿编脏辫，加 Facebook，有空帮我和朋友们宣传宣传。

要不是赶着去下一个地方，我一定在这儿编两头脏辫。

干杯 Bintang Beer

由于路线的原因，我们再次回到腹地乌布。在被板绳冲浪虐了一下午之后，现在全身的肌肉酸疼，冲浪真心不简单。我们在乌布手工艺市场买了一套红白相间带有 Bintang 字样的大背心，配上我们自己的黄色大短裤，着装一下就融入了这天气里。还有一个原因：按照雯雯的说法是，Bintang 是一个特别好喝的印尼啤酒品牌，穿在身上心里感觉更清凉，不过我们还一直都没喝上呢。

梅阿瑟得知我们的计划是前往岛上东北部的火山地区，特意给我换了一步大马力的 Yamaha 摩托车，这两个轮胎的小怪兽，真的很带劲。

“出发火山！ Go！”雯雯熟练地把摩托帽系上，一下就跳上了后座，双手抱紧我不放。不过这次是最兴奋的一次吧，我想。

没错，我们的路线从海边一下转向了高山地区，京打马尼。在那儿有一座“世界的肚脐”阿贡火山，海拔 3142 米，是巴厘岛的最高峰，被当地人奉为圣山。1963 年，阿贡火山一口气把愤怒化作火山灰毫无保留地倾泻而出，巴厘岛的天空一下被灰霾遮蔽，不见天日。那次爆发导致 1600 余人死亡。但神奇的是，火山岩浆却从几码之外流过山边的百沙基母庙，寺庙幸免于难，于是被居民们视为奇迹，并被认作是众神传达展示威力但不摧毁信仰的旨意，因此该座寺庙也申报进入世界文化遗产。

关于这个故事的神秘气氛一直都没被破坏，直到摩托车开到半山腰。我意识到我们犯了一个很低级的错误，随着海拔的升高，温度下降很厉害，我们没带够衣服。我能看到寒风中，我和雯雯手上起的鸡皮疙瘩，于是心里有些犹豫。

“这里太冷了，我们掉头下山吧？”

“别啊，这都到半山腰了，而且眼看就要到晚上了……你冷么？我把围巾给你挡风，我不怕！”雯雯一口回绝了我。确实，这时的太阳已经开始缓缓落下，就连能带给我们皮肤温暖的最后一丝余晖也快消失了。我心里开始有些不好的预感，但是此时也没有选择了，必须尽快到山上的住处。

将近 40 公里的山路我差不多开了 1 个小时，终于在太阳完全落下之前，我们来到了山顶的小村落，京打马尼。随着我们来到山顶，视野突然豁然开阔起来，这时巴图火山和阿贡火山的全景也映入了眼帘：夕阳恰好从火山口处落下，就像被火山吃掉了，剩下墨蓝的天空和昏黄的夕阳余晖相互交织着，像一幅未干的油画。

我们俩当时就愣住了，足足盯着这画面近 10 分钟，也足足搓手跺脚在风里冻了近 10 分钟。回过神的我们在附近找到了我们之前在网上预订的民宿，停车走进大院后才发现，其实它是一座别墅，还带着很大一片花园观景区，而且恰好坐落在巴图火山和阿贡火山的正对面。这也是我们选择这里住宿的原因，毕竟我们的房间是几乎无死角的山景房，真的是一览无遗！

天黑之后，我们在花园里认识了一对荷兰情侣，就在呼呼的凉风中，我们四个人和蚊子一起享用着火山边的晚餐。老板给了我们每人一支 Bintang 啤酒，我们心心念念的 Bintang 总算来到手边了！桌子的一头，坐着一对穿着单薄的亚洲情侣，而另一头，则是一对登山服齐备的欧洲情侣，想想也觉得这个画面很搞笑，这也成为了我们四人之间谈话的开端。

“Did you feel freeze ? ”很难定义是什么口音，不过很好听（哥们你们不感觉冻么？）

我的身体不自觉地打了一个冷战“I've been frozen ! ”（当然我都冻僵啦！）

“I was so excited.”雯雯脸凑了上来，“I feel good~”（我很兴奋，感觉很棒～）话说，这是哪来的自信啊，明明你鸡皮疙瘩都起了……

他们说，很难得在这片地区看到中国人，之前在 Gili 吉利岛，也很少见中国人。简单的自我介绍后，他们说他们住在阿姆斯特丹，我们说我们一个在南宁，一个在武汉，他们愣了一下说，没听过，好玩么？哈哈，这真的很难为他们吧！我说，我们俩是辞职出来看看世界的，在哪儿不是关键，到哪儿才是关键。

“Really？ So do we！”他们举起手上的 Bintang，我们也很惊讶，原来他们也是辞职出来旅行，不过这时怎样的回答都不如一句“干杯”“Salud”！一口下肚，没想到味道相当清甜，而且口感很顺滑，立马接着再补上一口。加上那时我们的身型、发型都惊人的相似，真是无巧不成书啊，我们立马叫民宿老板为我们拍下合照。那瞬间，我脑里不禁划过那句“同是天涯沦落人，相逢何必曾相识”要不一下翻译不来，我差点就吟出来了。

他们比我们要大几岁，也许是几口啤酒下肚，我们话匣子很快就打开了，脑洞也很大，没有什么尴尬的，也没有什么避讳的，闲扯的话就不提了，主要是聊到他们俩的感情时，他们说的很美妙，我记得特别清楚。他们在阿姆斯特丹大学认识，俩人一起读书，毕业后各自工作，一个是建筑师，一个是设计师，在一起 9 年，却一直没有

结婚。他们说，工作生活很忙碌，结婚对于他们来说，总觉得缺了些什么，于是他们就辞掉了该死的工作，出来旅行，找到那个感觉。他们说这里的生活很悠闲，早上晒晒太阳，晚上吹吹风，刷一刷 Facebook，一天就过去了，按照他们原话是“Facebook is everything，damn！”他们在印尼待了将近 1 个月，尤其在 Gili 吉利岛上，虽然睁开眼都是阳光沙滩和大海，但是他们觉得找回了两人生活里失去的感觉。他们说，他们旅行的答案找到了，也差不多是时候回家了，一起结束 9 年长跑，组成家庭。

说到这里时，他们相互看了对方一眼，很坚定，女方傻傻笑了一下，握起男方的手，也不知道是不是酒精的作用，他们的脸红通通的。之后，他们深邃的眼睛望向我们，眼神突然变得异常温柔，说，看到你们不免想起了以前的我们，羡慕又嫉妒，因为你做到了我们当时想做却没做到的，请带着彼此一直走下去。

每个人的旅行观念都不一样，也许是为了找回失去的时间，重返青春；也许是为了偷得浮生半日闲，度假休闲；也许是为了挑战身体极限，证明自己……我们则是为了更好地了解彼此，记录分享每一个难忘的瞬间。

那晚的火山是宁静的，没有城市的嘈杂，只有晚风的呼吸，和两个不同国籍但几乎相同的爱情故事，我会记得，这就是 Bintang 的味道。

刚看到火山，就病倒了

次日，我起床洗漱完毕，已经开始询问民宿老板关于火山徒步的问题，可是雯雯迟迟没起，我隐约感觉到有些不对劲。上楼听见雯雯很微弱的声音，伸手一摸，糟糕！全身烫得像一个火球！起初我觉得应该是在上山的路上着凉、撞风、感冒引起的发烫，可是看到她在吃完早餐后，还腹泻不止，应该没有那么简单，会不会是……高原反应了？昨晚喝了啤酒，回房后还洗了一个热水澡，血氧含量似乎会一下骤降，何况这里也有近

2000 米的海拔。

匆匆地和荷兰情侣、老板告别后，我开着摩托车带着雯雯在附近寻找诊所和药店，结果当然是影子都没找到，于是我选择放弃火山徒步和之后去北部的罗威纳海滩的路线。我想到的第一个名字，是梅阿瑟，他是唯一可以和我沟通，并能帮上我们的朋友，只能下山折返回乌布了。我翻出所有衣物，让雯雯武装好之后，才敢动身下山，可是浑身无力的她，在后座只能倒靠在我的背后。可下山的一段山路简直异常的颠簸，根本没法开快，只得缓慢地行驶，而这时我的心急得都要跳出来了！

下山途中，太阳直射越发强烈，雯雯一度有中暑的迹象，我将车停下，回头发现她竟昏厥了！看了看四周，并没有什么往来的车和人，“你要是有什么三长两短，我绝对不会放过我自己的，快醒醒！”这次，我发现我开始慌了，一路上和你一起经历的那些，我都没有像此时此刻这么害怕。

我试着使劲掐她的人中、虎口，朝太阳穴上涂风油精……哎！管用，稍微有些反应了，可是不明显啊，可恶！会不会是低血糖了？对，车上有可乐，赶紧慢慢喂一些可乐，然后用冷水擦脸，敷在额头上。

“我们马上就到了，坚持住啊！”我扶着她坐到树荫下，来，平躺下来，把头枕在我腿上。

“别怕，我陪着你哈。”我握着她那依旧很烫的手，湿毛巾继续擦拭，持续扇风。

“想想我们今早看到的火山山景，梅阿瑟还说要等我们回去一块吃饭呢……”终于在十几分钟之后，她渐渐恢复气力，眼泪都下来了，可就是连哭的力气都没了，嘴里只能喃喃细语……我坐在树荫下，抱着她，鼓励着她，看着她难受的样子，我绝对没比她好受多少，那时感觉每一秒都过得那么艰难。

坚持住，不能再耽误时间了，马上出发，我把她拴稳在我背上了，坐好，接着上路。一路沿着火山绕行，经过了火山湖，湖边水田，景色虽美却无暇顾及，当经过熟悉的梯田，看到那颗乌布地标性的巨树，我才小松了口气，这段回来的路花费了原来两倍以上的时间。然而回到梅阿瑟家时，却遇上了意料之外的满房！梅阿瑟看到浑身湿透的我，扶着像蔫掉的花一般的雯雯，立马叫来了梅爸和梅妈，他们二话没说，立马收拾了一下小儿子的房间，腾出来给我们休息。

把雯雯抬上床休息后，梅阿瑟才开口“What happened？”

我不停按着手机，翻着词典试图翻译成印尼语，腹泻、中暑、晕厥、发烫……我手脚并用地比划着，英文中夹着手机里翻译的印尼语，一遍又一遍地描述着。梅阿瑟眉头紧锁，点了点头，和梅爸梅妈简单一沟通，转头和我说，我们在这儿照顾她，你随我爸去买药。

那时天色已暗，外面下起小雨，不一会儿雨势渐渐变大，给炎热的天气降降温吧！梅爸打起一把伞，带着我出门找附近的药店。梅爸几乎不会说英文，我一路就不停地用学到的印尼语念着“Teri makasih”双手合十，梅爸一副“别提这些，都是举手之劳”的表情，示意我继续向前，小心路滑。然后他一只大手揽着我的肩，把我拉进伞里，对我说了些话，然后微笑了一下。我不知道是什么意思，可是我想起临走前，我和我的父亲在院子里散步，那时父亲也是同样一个动作，揽了揽我的肩说，这次路途遥远，你要照顾好雯雯。

我知道，这个动作代表着一份责任和承诺——“你要保护好爱

你的人，和你爱的人，用尽全力。”

顺利买到药，回到梅阿瑟家，看到雯雯已经在床上盖着被子睡着，我去给她额头上的毛巾换了次水，然后找梅妈借了些米，给雯雯煮了一碗白粥。扶雯雯坐起喝粥的时候，我对她说：“这样下去你吃不消的。”

“我知道你要说什么，我不要回去。”雯雯一把抢过勺子，自己开始舀着白粥吃，“不能因为我的小问题放弃接下来的行程，你看我都有力气自己吃东西了！”

“好，如果明天你身体还是这样，我们就回家。”

“我明天就生龙活虎了，走着瞧~”雯雯吃完了所有的白粥，躺下休息了。

不如试试进货代购吧!

要说雯雯身体好嘛，一上山就高原反应了；可要说身体不好嘛，第二天就蹦蹦跳跳了，不过还是看得出有些疲软，就连梅妈看到了，都竖起大拇指。梅阿瑟说，他弟弟这周在学校不回家住，我们可以继续住着，调养身体。

“5z，我们要想办法解决汇款的问题。”

“病还没好就惦记着钱，不愧是武汉姑娘！”

“我好了！这下我们不用回去，那肯定要担心经济问题嘛~”

“你明显还有些虚弱，你躺着休息，我去想办法。”

“不要，我跟你说，我知道这附近有不少可汇款的银行，我带你去。”

“想到一块儿了！我们先在网上搜一下看怎么操作再出发。”

由于之前在街上看到许多银行有汇款机构，例如 WesternUnion 西联汇款，MoneyGarm 速汇金，PayPal 贝宝汇款……打开它们的官网浏览了一下，结果发现西联汇款和中国银联在做活动，用户注册西联汇款的账号可以关联中国银联的储蓄卡，这就意味着，我们可以将支付宝（网银）划到西联账号里，全球范围内取现，并且在 2014 年 12 月 31 日前，在西联网点使用汇款业务是不收取手续费的。

例如紧急请求家里汇款 500 美元（手续费就超过 10 美元），双方填写表格，核对基本信息正确后，会生成一串 10 位数的 Pin 数字，凭我们的护照和这串数字，我们便可以在当地取现美元，或者按照即时汇率取现当地货币（西联上的即时汇率比当地银行汇率略高），而且 10 分钟之内便可完成发、收汇款。

“西联太合适了！正好我们挂失了所有的银行卡，而钱都放在了支付宝里。”

“没错，只要有网络，我们就可以自行操作，随时随地只要有西联的网点，我们就可以随时取现了。”

“汇率高，还不收手续费，哇哈哈！”

突然有种因祸得福的感觉，我们不是在给西联打广告啊，因为确实多亏了西联汇款，我们才得以度过这段没有银行卡的日子。

就在我们商量取多少现金带在身上时，我整理着背包，发现许多重复的衣物占了行李重量不小的一部分，于是我们打算减轻重量，一会儿顺道去邮局把它们寄回家里，这是雯雯突然叫道：“有了！这次我们多取一些现金……”还没等我问为什么，雯雯就接着说了下去。“我们采购一部分巴厘岛的特产，和行李一块儿寄回家里，由家里进行分发，淘宝挂着售卖。”雯雯掰着手指，接着说，“这样一来，现金又可以转为支付宝进入我们卡里，随时可以取现。接着可以把沿路特色的货品分享给大家，最关键的是可以补贴一部分路费，一举三得！”真不愧是淘宝老店主啊！

从西联成功拿到第一笔自汇款时，由于金额巨大，为了分担风险，我俩就这个包塞一点儿，那个包放一点儿，口袋里再揣一点儿，西联的柜员看我们的眼神是“中国人好难理解”，最后我们推开门离开，那画面就像“士兵提着枪，走出武器库踏向前线”。我们来到乌布手工艺市场，面对七嘴八舌前来招揽客人的店主，雯雯毫不畏惧，冷静分析货比三家，并且在漫天要价里，她居然能一下就砍到一个让我瞠目结舌的价格，然后拉着我转身佯装要离开，只为等着老板叫住我们，妥协！看着眼前的这个淘宝女王，我竟然有种“会挑货杀价的女人真帅”的感觉。最后清点战利品：捕梦网，手工木制品，线香，手工皂，精油，T恤……一大堆东西，把摩托车都挤满了，然后拉到邮局EMS寄回家，沿路游客的眼神依旧是“中国人好难理解”……

罗威纳日出看海豚，热恋情侣必去的情人崖，圣泉寺接受圣水洗礼，身后就是海浪拍岸的 Rock Bar……这些原来都是我们出发前脑子里预想的画面，而计划赶不上变化，突如其来的状况让我们这次的巴厘岛之行留下了不少遗憾。但是我们并不后悔，而且带着这些遗憾，我们才会更想再一次踏上巴厘岛，况且我们找到了让自己开心的方式，那就是我们把巴厘岛上独一无二的货品，都搬回了家里，并且淘宝一上新，朋友圈状态一发，就陆续有人购买，也是意料之外的惊喜。一边旅行，一边做生意，虽然规模不大，但重在品质和心意，也是一种很棒的体验！我们戏称这种方式叫“走商”，其实就是代购啦，哈哈！

巴厘岛因历史上受印度宗教文化的影响，居民大都信奉印度教，是印尼唯一信仰印度教的地方。但这里的印度教同印度本土的印度教不大相同，是印度教的教义和巴厘岛风俗习惯的结合，称为巴厘印度教。在即将离开巴厘岛的那天，我们竟有幸碰上了一次节日游行，梅妈拉着我们去参加，并介绍说是和 Shiva 有关的节日，阵仗确实不小，全岛封路游行一整天。我知道湿婆是毁灭之神，印度教三大主神之一，所以姑且称之为湿婆节（如果不是，请原谅我的不考究）。

居民们都放假了，并且都要严格穿戴统一的服装，男女不一，老少也不一，有些细微的差别我不记得了，但是总体而言，男性朴素庄严，女性鲜艳夺目。中午过后，所有人都会排列整齐，跳着特色的舞蹈，在主街上游行、祭拜。

游行中有一些恶魔神的塑像出现，面相狰狞，身上有一些符号，看得出是竹子做的骨架，然后用纸糊上，材料相当环保。其中一座白牛的塑像引起了我们的注意，据梅阿瑟说，这是当地有威望的人去世的时候才会有的塑像。去世？我想起在去德朗梯田的路上，我们遇到过一个路边的葬礼，非常简单，许多居民围着，祭奠、祷告。而死者就在一个临时搭起的焚烧炉中被火化。我们甚至看到了在火焰中死者的脚掌，出于对逝者的尊重，我们并没有留下相片，说不定这尊白牛就和这场路边的火葬有关联。梅阿瑟还说，当地人认为，塑像制作得越恐怖，越狰狞，他们离恶魔就越远。

“It’s time to leave.”我们和梅阿瑟一家，给了彼此一个大大的拥抱。

“Keep in touch！ Made~”

临走时，梅妈由于担心雯雯的身体，依旧扶着她，直到把我们送上巴士。她说，如果有可能，希望我们能参加梅阿瑟的婚礼，印尼人只会邀请很重要的朋友参加，这对他们家意义重大。我们说，真的很感谢这段时间无微不至的照顾，我们有幸认识你们这热心的一家人，我们肯定会再回到这儿，很乐意参加梅阿瑟的婚礼，说不定，我们的婚礼也会在

你们的院子里举办，伴着那棵鸡蛋花树飘落的花瓣，最重要的是有你们一家做见证，这必定是非常难忘和完美的一幕，而那时我们会带上我们的感恩和礼物。

和他们挥手告别，与他们相处的每一幕涌上心头，确实有千万个舍不得。我曾无数次想“曾经新闻中一度疯狂排华的印尼，而事实上却大相径庭”。梅阿瑟一家教会了我们在旅途中融入当地，从下厨聊家常，到婚丧嫁娶，他们对来家里做客的旅者不分来处，也正是这种真诚随和的态度，使得巴厘岛成为一个包罗万象的旅游休憩之地。可贵的是，巴厘岛每年接待数以百万计的游客，可依旧容颜不改。旅行中，面对陌生的旅行者们，我们不免会竖起一道道戒备的心墙，如果我们愿意打开一扇窗，也许会不期而遇的和他们的真诚撞个满怀，然后彼此相互信任，相互照顾，像家人一般亲切。

巴厘岛 tips:

1. 巴厘岛现在已经免签啦！但是还是需要护照！

2. 巴厘岛的各种服务都是需要付小费的，的士司机会主动要，准备好 2000、5000Rp 或者 1USD 作为 tips。

3.taxi 浅灰蓝色（blue bird 公司）的口碑较好，起步价 6k，每公里约 8k；上车前建议谈好价格，打表是最好的。

4. 不要弯曲手指招呼他人，不要用手摸他人头部，不要用左手握手或吃饭。

5. 当地居民门口的小竹筐，是供神用的，祈求每天的好运气和财运。

6. 当地人家里的佛龛是不允许女性进入的。

7. 一定要记得杀价，这里的价格就是给中国人杀的。

8. 最方便的交通工具还是摩托车，很多山路其实小汽车吃不消，而且巴厘岛是左行驶的，不熟悉的话有危险。

9. 摩托右转时一定要提前打灯，要戴好头盔，平常锁车只需拔出钥匙即可。

10. 巴厘岛内许多地方之间有来往的 shuttle bus，公司名叫 perama, 价格合理，需提前一天在网上（或在当地 perama 的售票处）预订。

11. 去京打马尼要穿长袖！山里冷！不要泡澡！会高原反应！

12. 离境需要交 20,000 印尼盾的离境税。

鱼尾狮下短暂的相聚

告别了认识的新朋友，接着要碰面的是我的捞仔们。在南宁，捞仔就是特别要好的朋友的意思，高中毕业后，他们就去了新加坡读书，然后在那儿工作生活，算一算，我和他们也有许多年没有见面了。这次去新加坡主要就是见见他们，由于不做长久的逗留，新加坡成为了我们这趟旅程时间最短的路线，成为一个跨入泰国的中转站。

飞机降落新加坡时，遇到了一股很强的气流，飞机晃荡得厉害极了。坐在我们前排座位的游客甚至回头问我们“Have you ever experienced like

this?”确实这样大幅度的颠簸，是我们第一次碰见，似乎气流也喜欢上了这里，持续给新加坡带来不见太阳的阴雨天。

来到这儿，我脑中想起的第一个人的名字就是“李光耀”了，众所周知，新加坡很早以前原本是马来西亚的一个疍家小渔村，独立后在短短的时间内，就发展成如此繁荣的景象，估计是马来西亚不曾料到的，这和新加坡的开国之父李光耀先生密不可分。而对于雯雯来说嘛，第一个想起的人应该是“孙燕姿”了，她是我俩最喜欢的新加坡女歌手了，刚认识她时就是通过燕姿的歌打开的话题，后来在北京的工体看了一次“克卜勒”巡回演唱会，那天正巧是雯雯生日的前一天，而燕姿的生日也临近，全场观众自发唱起生日歌，那是第一次我看见她开心到感动，感动到流泪。

扯的有点远，在 Downtown 地铁站和我的三个捞仔们一见面，就立刻自动切换成了乡音模式，简单的介绍后，雯雯和大家很快就自来熟了。按照朋友的说法，新加坡的市中心其实并不大，围绕着滨海公园转一圈差不多就走完了。大手掌（新加坡博物馆），榴莲壳（新加坡大剧院），阿凡达树（The Flower Dome），空中飞艇（金沙酒店），大眼睛（新加坡之眼），该看的就都看完了，

TICKETS

就可以收工啦！而相聚第一餐必须是大排档啦，高中时没事就去南宁的中山路夜市吃牛杂喝凉茶，这次来到 Satay by the bay，据说也是个相当 local 的夜市，第一印象很像《十二道锋味》里谢霆锋带着吃货桂纶镁来过这里。饿了一天的大家，毫不犹豫地点了这里的特色菜：烤魔鬼鱼，烤拉拉（类似贝壳的家伙），榴莲冰沙和新加坡风味的沙爹。

“上了一天班苦死了，接到你来的消息，整个人就复活啦！”

“你们的路线说来听听嘛？”

“雯雯去过南宁了？感觉如何？”

捞仔们七嘴八舌一下就开锅了，之后雯雯便吐了一肚子的槽，把我们一路的经历抖得一点儿不剩，他们笑的是前仰后合，然后依旧不忘吐槽。

“习惯了，5z 一直都是这么糊涂，出来没丢护照算是好的了 ~”

“哈哈哈，你们的旅程，很艰险啊……”

NG'S
VENGE

“喂，好歹我们第一次在新加坡相聚，就不能说点好话嘛！！”

“看来你确实是最不安定的因素哦～”雯雯笑了笑，摸着我的头说。

虽然都是损友，但是最后还是没忘帮我们，支付宝套现600元新币（约3000元人民币）。不过说真的，新加坡的物价也不是好惹的，我们订的是上下铺的宿舍，一张铺位近100元人民币/晚，最贵的是地铁，随便坐几站就是10元人民币/人。不过消费高不代表我们不能好好的玩耍，由于很巧赶上了新加坡的卫塞节，加上即将到来的万圣节，因此可以放假三天，我们就相约了环球影城的万圣节狂欢之夜，阴森的街景布置，化妆逼真的丧尸，加上夜间的鬼屋，恐怖气氛可是满分哦！

Feelsy，Jarvis和公菊，感谢你们。

新加坡 Tips:

1. 签证新加坡：新加坡是需要材料最多的。

（1）. 护照原件及复印件。

（2）. 两张两寸照片。

（3）. 身份证原件复印件。

（4）. 全家户口本原件及复印件（集体户口需要提供户籍证明）。

（5）. 签证申请表。

（6）. 财产证明（大使馆是没有金额的具体要求的，但是如果找旅行社代办一般是要求 5 万），到使馆交费 153 元，3 天后拿到电子签，35 天多次入境（前面说到的所有材料，都要提前准备好，包括申请表，可以在网上直接下载打印填好，去到大使馆以后是叫号，叫到你的时候需要提供一套完整的材料，不然会要求你去重新准备）。

2. 整体消费比国内高。建议主要以公共交通为主，土豪随意。

3. 注意自己的各种行为，高素质约束自己。

4. 坐地铁看清环线，不然会绕整圈。

5. 卫生间都是在地铁站外的。

HOT

第三章 暹罗盛宴

来自泰佛的上上签

从新加坡到普吉岛的飞机落地了，从此我们这趟行程订的所有航班都乘坐完毕，后面都是陆路过境，再也不用为了赶飞机，可以随心所欲慢慢走。

在普吉岛待了两天，逛了热闹的芭东海滩，沿街的小贩都在热情地吆喝，夜市里的各种冬阴功面、海南鸡饭、芒果糯米饭、椰子冰淇淋都被我们尝了个遍。骑着租来的小摩托车去附近的普吉镇，逛了一圈后打消了我们留宿的念头。在查龙寺第一次看到了虔诚的人们在为佛像贴金

箔、求签，给大佛磕了三个头以后，我也拿着一盒签开始咪咪妈咪哄地摇了起来，拿着摇出来的签去找解签阿姨，她竟然找我要钱，我装着完全听不懂的样子，她只好无奈地给了我解签的解说纸。

“No.15 : Any business goes well.Trading brings high income. Pregnant will get baby boy.Lost items will be found.Money will be paid back.Sickness will get recovered.You will be delight and happy.”

译：第十五签 所有的生意都会顺

利地进行，会带来高的收入。如果怀孕将得到一个男孩。失去的东西将会找回，丢失的钱财也会复得。疾病都会治愈。你会感到开心快乐。

这对于我来说简直是上上签了！泰国的佛真是灵，都知道我丢了东西，丢了钱，还生病，哈哈哈，虽然到现在我的钱包也没回来，但是相信有失必有得，这一签无疑给了我们莫大的鼓励。再去看吴哲俊摇的签，除了那句“如果怀孕将得到一个男孩”其他都跟我不一样，他的签大致意思就是神明还要磨练他，他要更加努力，生活各处要更加小心。

心领神会的我们把好的那张签当护身符一样放到了包的内层，把坏的那张放进了敬香的炉子。坏的不灵好的灵，在选择性乐观的道路上，我们已经越走越远。

在环岛路上飞驰，有时候会被上坡之后突然出现在眼前的海滩所美呆，有时候会因为下坡时突然的急转抱紧他，从一开始担心骑摩托车不安全，到现在已经乐在其中。

“姐接，要去佳米吗？”“姐接，去荒帝岛吗？很便宜！”“姐接……”，

每天接待众多的中国游客，路边揽客的商贩们也开始用蹩脚的中文套近乎了，普吉岛的海水水质比我们想象的还是差很多，所以我们也想去离岛看看。一路上我们看了好几家，在几轮询价还价大战后，我们选择了一个泰国帅小伙的地接社。帅小伙说他中文名叫王金龙，之前在清迈大学主修中文，所以中文说得溜溜的，他还说有个男朋友在北京。男朋友？！眼前这个身高一米八几，体型健硕，浓眉大眼的小伙，竟然是……看来这种事在泰国真的是见怪不怪了。王金龙一直说“我这里的价格绝对是普吉岛最低，不是最低回头你来找我，别的店都不送早餐，我还给你们送早餐。”在他各种逗比自黑软磨硬泡下，我们决定就选他了。

在我们正准备订皮皮岛的时候，有一

个比一般线路要高出近 1000 泰铢（约 200 元人民币）的行程宣传单出现在我眼前，“王金龙，这是哪里？为什么这么贵？”“噢，这个是斯米兰喔，你们来的前几天才刚刚开放的，为了保护海龟产蛋，每年只有 10 月到次年 4 月开放，比皮皮岛那些都好看多了，浮潜的时候旁边还可以看到海龟，有免费的自助午餐，别的店都不送早餐，我给你们送早餐，我这里的价格绝对是普吉岛最低，不是最低回头你来找我……”限制开放、小众、海龟，我和 5z 两眼一对，嗯，看来我们都被王金龙说动了。付完钱，我们拿着王金龙特意从旁边 7-11 买的面包牛奶，准备第二天出发去斯米兰岛了。

斯米兰岛的行程确实给了我们不小的惊喜，一天的行程会去四座岛，有两座岛是不能上岸只能在附近浮潜的，我们很幸运地看到了海龟，大家都想去靠近，但是它啾的一下就游走了。在船上认识了两对四川来的夫妻，他们都是把孩子交给爷爷奶奶带，自己出来偷个闲，听说我们已经出来快一个月了，很是羡慕。

到达最大的岛以后，就准备吃饭，然后自由活动了。豪华自助午餐就是两菜一汤加几片西瓜，而且没有桌椅，都是席地而坐，混着海风和泥土的味道，我们像吃海鲜大餐一样享用着。午饭过后，准备去岛上的最高点观景，我跟 5z 说我要先去上个卫生间，让他就在门口等我，可是我一出来就没见他人影。我沿着海岸一路找，又爬到最高点拍照的悬崖上找，太阳晒得我心急火燎，什么海景小鱼全都没空欣赏，在海边晒太阳的两对夫妇，看到我来来回回焦急的样子，说如果看到 5z 会让他就在岸边这儿等我。我一边哭一边说谢谢，心里一直

在想“这个死鬼每次都丢下我，也不交代一声，老是这样一个人也不知去了哪儿，像个小孩子一样总是让我担心。”就在我心灰意冷，气都不知道要跟谁生的时候，5z 突然从后面一片树林里跳出来，一脸笑地朝我跑来，说他刚刚去后面海滩“考察”了，别人团队的午饭有冰淇淋，他在那边混了个脸熟以后，拿到两个，“我一会儿不在，你怎么晒得眼睛都红了，这是椰子冰淇淋，快吃别化了”，他边说边把冰淇淋递给我，看着他傻不拉唧的笑容，我真是哭笑不得。

回程的车上，我们俩做了个约定，如果以后两个人再走散了，就回到原地去等对方，嗯，真想唱一首“又回到最初的起点……”

普吉岛 TIPS：

1. 入境的时候随身携带现金不得少于 4000 人民币。

2. 从机场出来左手边有大巴去海滩，建议不要坐黑车。

3. 如果开车技术过硬建议租一辆小摩托车，省钱省事又方便。

4. 在芭东海滩边上有巴士去普吉镇，30 泰铢每人，不建议打车。

5. 斯米兰岛每年 11 月至次年 4 月开放，值得去。

6. 从普吉镇有大巴到曼谷，车程 12 小时左右，具体价格及时刻表，文中有图。

溜进导游团

从普吉岛到曼谷坐了 12 小时的夜巴，680 泰铢（约 136 元人民币）有水有毯子，虽然不能完全平躺，但还是迷迷糊糊一觉就到了曼谷。刚到的时候早上 7 点不到，轨道交通都还没有运营，路边热情揽客的的士我们实在是不敢坐，于是步行了 2 公里当早锻炼去了最近的轻轨站等开班。

曼谷还是很热闹的，我们住在考山路，一下楼就被街上琳琅满目的当地特色服装饰品吸引，逛到停不下来。打着入乡随俗的理由，我们买了些当地的裤子、褂子、手绳。吃晚饭的时候刷朋友圈，发现老同学洲洲竟然在曼谷当导游，想想好久不见了，也想让他给我们推荐些曼谷的好去处，于是马上给他发了消息。他说明天他的团要去大皇宫、湄南河、国会大厦什么的，正好我和5z都还没有去！约起！

晚上清理行李的时候，看着那一包新衣服旧衣服，我无助地跟5z说“我不想再穿这些裙子了，背着它们太重了。”“哎哟，现在觉得重啦，谁让你爱臭美，出发前就跟你说要你不要带那么多衣服，你看我就带了一套长一套短，你各种红的绿的。自己选择的路，怎么样，跪着也要走完。”面对5z的嘲笑，我急中生智，拿起手机又给洲洲发了条消息“嘿嘿嘿，洲导，你方便帮我带个小书包回去吗？包里就四条裙子，还有些小东西，我大包塞不下了，还不知什么时候才回去，你最好啦，书包一点都不重，真的，嘿嘿嘿，麻烦你啦！”，洲洲马上回了一个“好”。不愧这十几年的同学感情，我都要给这爽快劲儿给跪了。

早上8点多我们就在大皇宫门口等待迎接洲导的团队，陆陆续续已经有些旅行团进去了，十个团有九个都是中国来的，每个团进去之前带队的导游都要大家在门口拍大合照，拍完之后就跟大家说如果想要刚刚合照的照片就要交100泰铢（约20元

人民币），真是会赚钱。快 9 点半的时候终于看到洲洲，许久不见的他已经在泰国晒得黝黑。进大皇宫的时候洲洲给了我们两张票，然后说他就不进去了，他一个月差不多要带 4 个团来这儿，都看厌了，在门口帮我们看包等我们出来。大皇宫的门票 500 泰铢（约 100 元人民币）一张，这两张票都够我们两天的住宿费了，看着他背着我们带出来的那个包和手里的门票，我们满是感激地跟着同胞的团队就进了大皇宫。

这是我们这一路见过游客最多的一天，大皇宫的解说员开口第一句就是“大家是不是觉得自己没有出国啊，哈哈哈。”放眼望去都是熟悉的中国面孔，我这一团还都是武汉的乡亲，但是我一点儿也没感觉亲切。有个守卫的泰国士兵在站岗，大家都想去跟他合照，我们正排着队，一老

爸直接冲上去喊着“姑娘（武汉话女儿的意思）快来快来！”然后还要我们帮他拍，那一瞬间我还得堆着笑说好。过一会儿又有两位说着粤语的大妈开吵了，旁边还有人劝架，“我这么做都是为你好，你不领情算了，以后我们绝交！”，5z 很敷衍地给我翻译着，整个大皇宫之行都是那么无比热闹。

从大皇宫出来，一行的大叔大妈看着我和 5z 的时候，头上都顶着大大的问号，终于有位大妈忍不住去问洲洲：“他们两个是谁？他们不是跟我们一起来的啊？他们为什么也可以坐我们的车？”洲洲解释说是在曼谷碰到的同学，团友们才对我们两个陌生人放下了疑心。大巴上曼谷地接的导游开始向大家介绍泰国的国情，从人们对国王的崇拜到红衫军黄衫军，从国王如何重视农业到他们的乳胶多么多么好，从他们的环境保护多么多么好到他们的鳄鱼他们的蛇毒，连我这个以前做销售的都为他的销售技巧所折服，慢条斯理，娓娓道来，动之以情晓之以理，步步为营，车上的团友已经主动在问哪里可以买到这些了。连平时不爱买东西的 5z 都在跟我说“哎他说的是真的吗？我们要不要也去买点？”看着他天真的样子，我用“我们的包已经装不下这些”为理由就打发了他，他还一脸的遗憾。

结束了中国同胞一日游以后，洲洲还请我们吃了晚饭，听说了我们出门第一天就丢钱包的事情以后，他马上瞪大眼睛问我“那你还不回去？！”哈哈哈，然后我又跟他讲了我在巴厘岛生病的事情，他直接说“你是不是没钱？我明天帮你买张回国的机票吧”。我们很感激地跟他道了谢说“真的不用啦，虽然我们现在没银行卡，但是我们的护照还在啊，而且现在家里也可以用西联汇款给我们寄钱。身上现金不多，就不怕再丢啦，我们也没因为钱不多就觉得艰苦。我们两个还是想继续走，难得出来一趟，还是要把想去的地方都走到。”看着我们这么坚定，洲洲从脖子上

取下了他一直佩戴的佛牌“这一块是大城一座寺庙的高僧送给我的，是成功佛牌，正牌，你们戴着它，它会保佑你们的”。我跟 5z 直接受宠若惊，看着佛牌的背后还贴着金箔，连忙说“这太贵重啦，并且我们之前也了解了一些佛牌的事，不敢随便戴。”洲洲直接把佛牌放到我面前“说了这是正面牌了，你们还有这么多地方要走，你们戴着我才放心！”“啊哈哈，我们太爱丢东西啦，这要是弄丢了都不知怎么跟你交代。”“哎呀，佛牌是不会丢的，它认人，交接给谁就会一直跟着你。”“那我先收着，回去就还给你啊！”“好好好，回去再说。”就这样我们收下了洲洲的好意，还在网上搜索了各种戴佛牌的禁忌，不敢脚对着它，睡觉要取下供在床头，每天起床都要拜拜，一心想着要完好无损地带回去还给他。

周末去逛恰图恰市场只后悔自己为什么要带这么多衣服！为什么只背了包没有带行李箱！我就应该带两个空箱子，然后来恰图恰买买买！Chatuchak 周末市场是世界上最大的周末市场，共有 9000 多家店。从家庭用品到手工艺品，从服装到首饰，旁边还有一区花鸟市场，简直就是包罗万象！而且几乎所有商品都可以讨价还价！这就是我的天堂！“吴哲你看那个手绘的鞋子图案好特别！”“哎哎，你看那个软陶的耳钉好可爱国内都没有！”“啊，那家 T 恤好便宜，不然我们直接在这儿订货先带回国一次吧！”吴哲也有些心动了，想了一会儿说“可是我们还要

赶去看水灯节，回去就赶不及了。”“也是，还是要分清主次。”带着满心遗憾，逛到腿都要断了，最后只给吴哲买了件他特别喜欢的衬衣，想着昨天刚刚才让洲洲带了包衣服回去，要是又来给包加重量岂不是作死，算了，就当这次是来做市场调查的，为了后面行程能轻松些，还是忍痛割了好多爱，其实还有重要的一点是：钱包都没了，还好意思买买买?

在查询曼谷景点的时候，看到有一处叫美功铁道市场，火车就从市场中间穿过，铁道市场是我们在国内从没见过的，好奇的我们决定去一探究竟。从胜利纪念碑有到美功的小面包车，70 泰铢一个人，两小时左右车程。司机到了一个小镇把我们放下来，可是路边都没什么人，也没有看到像恰图恰那样热闹的市集，连铁轨都没看到，美功铁道在哪儿？路边有家 7-11，我们在里面随意吃了午饭，顺便问他们的工作人员美功铁道的位置，收银员往门外一指，“对面就是啦。”可是对面除了有一些被

布遮住的菜摊，我们什么都没看到。我们走进那片菜摊，发现中间真的有条铁轨！但是这个集市跟我们想象的差别太大了，沿着铁轨全是卖菜卖鱼的，而且菜贩都是把菜直接放在铁轨上卖的，想来火车应该不会从这儿过了，这个景点应该是没有了吧？带着些许遗憾，我们决定还是沿着铁轨逛逛，毕竟菜市也是当地人生活的一部分。

就在我们走了 5 分钟的时候，一个超可爱的黄色大火车头出现在我们面前，真的有火车！而且旁边售票窗口的工作人员说火车马上就要出站了！真是来得早不如来得巧，我们赶紧回到刚刚的菜市里，等着看火车是怎么穿过这条铁道的。“呜呜呜……”伴随汽笛声，火车“哐当哐当”慢慢地开出站了，听到鸣笛声之后的小贩不慌不忙地把搭在铁路上的遮阳棚收了起来，再把菜往摊里收了一点，等火车过去后又熟练地把遮阳棚搭上继续卖菜，从未见过这番景象的我们真是觉得太有意思啦。

从美功铁道出来，就坐上去安帕瓦水上集市的突突车。刚刚的火车市场还让我意犹未尽，马上又被眼前的景象吸引了。这不就是我们之前在明信片上看到的么，一条小河，沿岸飘着一些小木船，船上的人有的在卖烤河鲜，有的在卖新鲜水果，游客在岸上边逛边跟船上的人讨价还价，岸上还有一些民宿和商店，太有当地特色了。我拉着吴哲经过一家massage 店的时候就走不动了“吴哲，你看这家好划算啊足疗才 150 泰铢（约 30 人民币），还可以欣赏这么美的景色，比国内划算多了”“钱都在你那儿，你想按就按吧，我在门口等你好了”“哎呀，难得来一次，我请你！”我边说边把他往店里拉，正好还剩最后两个位置，吴哲拗不过我，只好陪我一起享受了。帮我按摩的是一个小男孩，应该是放假了来帮家里忙的。虽然他看上去只有十岁，但是手法已经很熟练了。听着店里缓缓的音乐，看着外面来来往往的游客和河上飘着的小船，太惬意了。这时一条稍大的船停在了店门口，上面写着“massage cruise”！原来还可以一边游河一边足疗的！而且费用也才 350 泰铢（约 70 人民币）一个人！泰国的旅游业也是做到极致了。

晚上参加了安帕瓦去看萤火虫的夜游船，船慢慢开出了水上市场，河道两边都是树林，夜晚很黑，只看得到月亮在水面反射的光。突然马

达的鸣声没有了，有人开始指向岸边“快看那堆草里都是萤火虫！”“啊啊！那棵树上也有！”城市里的孩子第一次看到这么多萤火虫，就像一颗颗会闪的小星星，年纪大的船夫也在兴奋地用泰语跟大家介绍着，虽然我们听不懂，但是还是很开心地听着。

游河结束的时候差不多 8 点了，天突然开始下起了大雨，我们一下船就赶紧往巴士站跑，我们赶到的时候最后一班回曼谷的车正要开走！赶紧买票上车先！真是谢天谢地谢佛牌！坐下来才想起我们在这儿玩得连晚饭都还没吃，但是想着下午看到的集市，想着晚上的萤火虫之旅，好像做梦一般。

到这儿曼谷之行也算告一段落了，下一站，大城。

曼谷 TIPS:

1. 轻轨和地铁不能站内换乘，轨道交通都是分段计价的。

2. 考山路凌晨两点还有人在街上狂欢，建议不要住得离街太近，影响休息。

3. 大皇宫后面有一条卖佛牌的街，不懂的人谨慎购买。

4. 进大皇宫等寺院的大殿是需要脱鞋的，有的景点严禁拍照，请遵守规则。

5. 恰图恰市场是周末才开门，注意行程安排。

6. 旧国会大楼严禁携带相机手机等电子产品进入，不要有侥幸心理，门口有安检，被查出将不能进入。

美功铁道市场：其实就是一个菜市场，主要是去看火车从菜场中穿过，每天 3~4 趟，具体列车时刻表文中有图。

安帕瓦水上市场：

1. 离美功铁道市场乘突突车 10 分钟。从曼谷独立广场附近有大巴可到。

2. 水上市场有住宿，但是性价比不高。

3. 水上“马杀鸡”值得一试。

4. 晚上去看萤火虫 60 泰铢一个人，还不错，但是要算好最后一趟回曼谷的巴士的时间。

没有穿上的白纱

“大城没什么好看的，都是些废墟”，好朋友口中的废墟在我看来却都是故事。在大城待的时间不长，可是看着这些战争遗址，总感觉它们有说不完的故事。大城其实不大，为了节省，我们只租了一辆可以带人的自行车。骑着自行车在古城里转，街边出现了一家婚纱店，吴哲停下车“我们进去看看吧”，我有点愣住，心里又开心又紧张又害羞，但还是故作镇定地问“进去干嘛？”“哎呀，进去试试又不要钱，说不定他们这里还有特色的民族服饰的婚纱照”，说完他已经停好车进了店。接待我们的店员英文不是很好，基本上除了能说 hello 和 good bye 就不会别的了，幸好一位在试礼服的当地人看到我们之后主动过来帮我们当起了翻译。在几句交谈过后，我们大概了解到，画个新娘妆 250 元人民币左右，如果租衣服就是 500 元人民币一天，要先付订金才能试穿礼服，这些还不算摄影的费用。我们跟她说要回去想想，就出来了。“好想知道你穿白纱是什么样子”，吴哲嘟哝着。虽然我心里也有点小遗憾，但却故作高冷地说“我干嘛要穿给你看？”“哎呦，俏皮喔”，说完吴哲骑车先跑了，“你干嘛！等等我啊，哎！我还没上车！”

在骑车去卧佛寺的路上，经过一条小河，或者说“水沟”。“吴哲停车停车！你看鳄鱼！”我惊呼着。吴哲朝我指的方向看去，河里真的有一只肚皮朝上翻着的大东西。旁边骑车路过的另外一个女生看到也停下车了，“oh,what’s that?!”吴哲在岸边捡了一根很长很粗的树枝，想把那个大东西捞上来，我吓得频频往后退，“哎呀，你别搞啦！”“捞上来看看嘛！”“oh, it’s not crocodile,it’s Komodo!” 我们仔细一看，水里的大东西脑袋小小的，确实跟鳄鱼不太一样，在巴厘岛上还有

座科莫多的国家公园，可是为什么这家伙在这儿溺毙了？这是主城区啊，要在大城逛庙都会路过这里，而且旁边还有居民区，看着它胸口和腿上好像有伤，吴哲反复捞了几次都没成功，最后还是放弃了。“大城的生态也太好了，在路边都可以看到科莫多。”“要是碰到个活的就更刺激了！”有一个

如此大条的男朋友，有时候真是心塞。

晚上在玛哈泰寺旁边的小吃一条街两个人吃到撑才花了不到 60 元人民币。正好不知道碰上是什么节日的游园会，去喂小羊、套娃娃，玩得像个孩子。在大城待了两天，虽然基本上都是骑车逛庙，到最后甚至连寺庙的名字都记混，但对它还是莫名的喜爱。骑车逛到处是废墟，却也处处是生气的大城，你应该来。

大城 tips：

1. 从曼谷可以坐大巴或者火车。到达之后可以就近住下，路边的突突车很贵。

2. 世界文化遗产，值得来，建议租自行车环城。晚上的夜市有很多美食。

3. 旧王宫或者某些寺庙看起来不起眼的石块摆放都是有风水讲究的。不要去动，不然属于犯罪会被警察抓。

计划之外，意料之外

“都是你，都要你早上来买了！”

“我也不想的啊，那坐不坐嘛？”

工作人员看着我们吵架，在一旁偷笑。要从大城出发赶去清迈参加水灯节了，我们决定试试泰国的火车。早上在火车站问完车票信息后我们决定订晚上 8 点去清迈的卧铺，791 泰铢（约 158 元人民币）一个人，但是当时我们身上只剩美元了，火车站给出的汇率又比较低，我们就准备回城换了钱再来买，结果回城换好钱以后，吴哲说这么热的天还要单独跑一趟，不如我们晚上去买了直接出发吧。结果晚上再去的时候，只剩最后一趟凌晨 12 点的车次的坐票！而且只剩最后几张了！虽然票价只要 261 泰铢（约 52 元人民币）一个人，但是这趟车要 12 个小时，我当时只希望时光倒流。

离开车还有 4 个小时，我们在火车站附近找了家有 wifi 的餐厅吃晚

饭，顺便消磨时间。“今天省了 1000 泰铢（约 200 元人民币），要吃点好的，这里有牛排，你不是一直想吃吗，就点这个咯。”吴哲娇羞地点了点头。牛排上来的时候，吴哲的两眼直放光，用他的话说，终于能吃到一块完整的肉了。第一口咬下去，嗯，呵呵，到泰国餐厅还是火车站旁边的那种，点西餐应该算是作死，牛排硬得吴哲一口嚼了快 5 分钟才吞下去。

快 12 点半火车才进站，一上车就闻到闷热的空气中夹杂着各种食物、体味和说不出的味道。找到自己的位置坐下来，是那种一边只能坐下两个人的硬座。有的乘客会找没有人的空位置整个人蜷在硬座上睡觉，有的在看书打发时间，几个人一起出行的还在聊天，我和吴哲等了四个小时车已经精疲力尽，在如此复杂的环境里，第二天中午我们终于腰酸背痛的到了清迈。

“吴哲俊？”

“哎，你怎么在这里？”

“真的是你啊？！你留个长头发我都认不出来了！”

“哈哈哈，你一个人来清迈的？”

“是啊，我从曼谷坐火车过来的，刚到，你们呢？”

“我们也是啊，怎么没看到你？”。

从清迈火车站一出来，吴哲就被一个女生叫住，并且两人在用中文交谈？！她是谁？“雯雯，这是我高中同学，大家叫她‘腿白’，这是我女朋友雯雯”，吴哲在帮我们两个做介绍。这在异国他乡还能遇到老同学真是莫大的缘分啊。聊天得知腿白是一个人来度假的，她跟我们不一样，我们每到一地都要到处折腾找玩儿的，腿白只想找一家舒服的客栈，做个安静的女子，所以我们想让她跟我们一起去丛林飞跃、骑大象，她都婉言拒绝了。

老友相聚的第一天，晚上肯定要相约吃个饭了。我们去了清迈很有名的餐厅 Huen Phen，冬阴功汤、咖喱鸡这些是必点了，虽然味道确实赞，但是也吃得有点肉痛。这一顿花掉我们 500 泰铢（约 100 元人民币），我们当天的住房也才 400 泰铢（约 80 元人民币）。吴哲看出我心里的小九九，“清迈不是有泰厨学校吗，明天我们就去学厨，这样我回到家里也可以给你做地道的泰国菜啦。”当吃货遇上厨子真是莫大的幸福。吃饭的时候跟腿白聊天，她说我们住的地方太贵了，她住的民宿双人间只要 250 泰铢（约 50 元人民币）。第二天我们毫不犹豫就搬去了她住的那家，虽然条件没有我们之前住的那家好，但是都是当地木质结构的房子，而且房主阿姨很热情，所以我们还是很开心地住下了。

骑车在清迈城内一边逛，一边找泰厨学校，“两天的学费大概 3500 泰铢（约 700 元人民币），教会 4 道菜”，工作人员拿着宣传单给我们讲解，“好吧，我们考虑一下，谢谢”，说着我们就拿着传单走出了学校，这个价格是远超出我们预想的。“民宿阿姨那里有公共厨房，不如我们去问问阿姨能不能教我们做这些菜？”吴哲时不时的小机智总能重新点燃我们对生活的热情。

房主阿姨之前在加拿大生活过四年，英文很好，很好沟通，听说我们要向她学厨，看了看菜单，“喔，你们要学冬阴功汤、绿咖喱啊，这些都是我们这里的家常菜，没问题啊！”吴哲乐开了花。阿姨让店里帮忙的一个小伙儿陪我们去附近的菜市买菜。跟国内鸡蛋差不多大的茄子、柠檬草，还有很多香料和配菜都是我们没见过的，吴哲好奇地在那儿边看边闻边买，还价的同时还要跟我使眼色，让我这个“小跟班”把他买的菜的名字都记下来。买完虾、肉等原材料一共花费不到 100 元人民币，回去阿姨说这些食材都够吃两餐了，我们问学费是多少钱，阿姨说“什么学费？不不不，不用，你们就在我这儿做，我教你们就好啦！”，吴哲乐开了花。

每道菜阿姨都教得很仔细，要怎么切，放什么作料，放多少，吴哲一一照做，我在旁边负责洗菜、挑虾线，打下手，然后一边拍照一边认真记下每一步，有时候听不懂特殊的英文还要拿手机查。在做木瓜沙拉的时候，阿姨拿勺子喂吴哲想让他试试味道，这温馨的一幕被我用手机拍了下来，后来吴哲把照片发给他妈妈看，他妈妈都吃醋了。

最后出品的时候我们邀请了阿姨、腿白跟我们一起共进晚餐，那天晚上吃到的泰国菜是我们在泰国待了这么久吃到的最美味的一餐。

离水灯节还有几天的时候，清迈的大街小巷就已经充满了过节的气息。三王纪念碑和附近的学校都有了庆祝的灯会活动，晚上塔佩门和 Asiatique 河边夜市也总是可以看到在放天灯的人，街上的游客越来越多，客栈基本上也都是满房。

水灯节当天，塔佩门前举行了水灯男神女神选美，我们走过去的时候有一位工作人员给了我们一杯黑黑的水，“It’s free?”，开口第一句不问是什么，有没有毒，先关心是不是免费我也真是……在得到肯定答案后，咕咚咕咚喝下去，甜甜的，还有些香气，味道也不错，再一问才知道这是清迈的蝶豆花水，用蝶豆花做的面是深紫色也很美味。旁边路过的外国友人看到我们在一个摊前喝水，问的第一句竟然也是“It’s free?”，我们点点头，他们两个竟然互相击掌“oh，it’s free！”，欣喜又夸张的面部表情就跟中了 500 万一样。看来大家对捡便宜这种事都是趋之若鹜的。

选美活动结束后，街上开始有花车游行，真是比国内过年还要热闹。河边已经站满了在放天灯的人，随便拍张照片都可以当手机壁纸了。在回民宿的路上，我们路过了一家寺庙，里面也在放天灯，我跟吴哲前几天一直忍着没放，在这儿终于忍不住，也不管是贵是便宜了，我们拿着天灯，默默许了心愿，看着它慢慢飞远，希望它飘到天上的老神仙那里，保佑我们许的愿能成真。

腿白在清迈报名了一个学泰式按摩的课程，有一次我们去接她下课，顺便一起吃午饭。教课的老板很有魅力，有自己的小旅馆和旅行社，看到我们去接腿白，就一直跟我们夸奖说腿白学东西很快，手法很好，又问我们在清迈待的这些时间都去哪儿了，我们说其实一直都还蛮想去拜县的，老板马上说拜县怎么怎么好，很值得去。聊天的时候老板一口一个 baby，我们已经被她的热情融化，价格都没比较直接在她这儿订了去拜县的车票，下午就出发了。

“这里的山路十八弯，这里的水路九连环，十八弯啊九连环”，去

拜县的路远远超出了我们预期的难度，那已经不是十八弯可以描述的了。经过 3 个多小时，终于看到“吐了几次终于到拜县”的标识。由于《泰囧》的大热，拜县也迎来了越来越多的中国游客，路边夜市的摊贩们很多都放了中文的招牌来揽客。夜市上也有很多推广拜县一日游的旅行社：“一日游 400 泰铢（约 80 元人民币）一个人，看日出每人另加 400 泰铢（约 80 人民币），日落要每人再加……”来之前我们什么都没查过，也不知明天要去哪儿，看着这宣传单上的详细中文介绍，偷偷塞了一张在包里。“这里所有景点都在 5 公里范围内，就走一圈就可以啦，途中还会路过大象营，我们可以直接去问价格。”回到家我已经把传单上的景点都在手机地图里标记定位了，“好，那我们租辆车明天早上就出发了。”

为了看日出，第二天一早 4 点半闹钟就响了，“不然我们不去了吧，早上好冷啊！”“哎呀快起床了”“你先起我就起”，吴哲开始咯吱我，“哈哈哈，好好好，我起了起了。”睡眼惺忪地刷牙洗漱穿衣出门。从房间出来发现外面起了好大的雾，“不然我们还是回去睡觉吧，都起雾了肯定看不到，小摩托车

的油不知道还够不够，这一大早加油站都还没有开门。”为了能回去睡个饱觉，我找了各种理由，但吴哲根本就没听我讲话已经发动好小摩托车，把头盔往我头上一扣就把我拉上了车后座。骑行了差不多20分钟，到达了一个小山顶，其间陆陆续续也有一些小车从我们旁边经过，看日出的景区门口已经停了一小片摩托车了。等日出的过程是很忐忑的，之前也去过黄山、峨眉山、华山看日出，每次都是因为天气原因没有看到，所以总觉得这辈子跟日出无缘了。慢慢的，雾渐渐散去了，出现了厚厚的一片云海！这时才知道早上有雾的天气去看日出才是好的，有雾的天气才会出现云海。周围的人越来越多，一日游的客人们也坐着突突车来到了这片小山顶。天慢慢有点亮了，云的颜色每分每秒都在变化，光线开始强烈得刺眼，太阳像个小蛋黄一样跳了出来，我冲着吴哲大喊“太阳出来了！太阳出来了！快帮我拍照！”这是我人生中第一次看到完整的日出，当第一束光照到身上，那种温暖就像把你点亮了一样，你看到周围的人，觉得他们都变得更美了。

看完日出，两个人一点睡意都没有了，直接骑上小摩托车就开始了一天的行程。昨天晚上只是待在拜县的小镇上，今天自己骑摩托出来，才发现这儿周边的景色真是太美了。

在群山中间有一片绿油油的平地，散落着童话王国一样的房子和装饰建筑。在爱的咖啡馆，你可以买上一杯咖啡，在露天的阳台上看着后面一整片绿地，像是自家庄园一样；在草莓园你可以品尝到新鲜的草莓酒、草莓果汁，买各式跟草莓有关的纪念品，还可以自己去摘草莓；二战桥上有扮成杰克船长的人可以陪你照相；拜县的温泉是全天然的！在国内，温泉度假村中都是分别单独的一个池，每个池还都有自己特色的名字。但是这里的温泉就是一条从山上流下来的小河，越往山上走，水温越高。我们走进去的时候，看到一个外国大叔整个人睡在沟里，拉住旁边的一根树枝，池子底下就是泥巴还有些树叶之类的，整个温泉除了更衣室是人工修建的，其他都是纯天然的。

在这个童话世界，我们除了去了这些有意思的地方，印象最深的应该是在拜县的代购和骑大象。

当大象遇上牛

骑大象是一次巧遇。我们骑着小摩托车在拜县转悠，突然路中间就出现了一头大象，骑在上面的人开心地跟我们打着招呼，再往前一些就看到有一处大象营，过去问了价格，400 泰铢（约 80 元人民币）一个人，跟城里旅行社价格一样，“我们昨天在城里问的也是这个价格啊，我们两个人便宜点吧”，最终以 600 泰铢（约 120 元人民币）2 个人的价格成交了，而且老板在给我们开的收据上还是写的 400 泰铢一个人，“你们千万别告诉别人这个价格啊！”刚骑上大象的时候我就快笑死了，我们选择了不用象鞍直接坐在大象的背上。“我们是不是坐反了？为什么我看到的是大象屁股？”“没有反啊，鼻子在前面呢！”第一次骑大象的我们被眼前这幅景象给逗笑了。在骑的过程中大象一直慢悠悠地走着，我们跟身边路过的陌生人打招呼，骑在象背上，有一种高高在上、君临城下的感觉。走着走着，前面出现了两头在路边吃草的牛，看着大象过来也没有躲开，仍旧是悠闲自在地吃着，但是大象这个时候却停了下来，任由象夫怎么去勾它耳朵，跟它说话摸它，它都岿然不动。象夫实在没辙，试图过去赶走路边吃草的牛，僵持了十多分钟，大象终于开始迈步，之前一直都是悠闲自在慢慢走的它，在经过小牛身边的时候竟然加快了步伐，甚至可以说是一溜小跑过去的，没想到大块头也有害怕的时候。骑了一圈回来，我们就像练了一个小时劈叉一样，走的时候另外花 20 泰铢买了一挂香蕉喂过大象才走。

千里送棉衣

当时骑小摩托车在拜县逛的时候路过一家店，他们家有很多正在打折的户外品牌，由于东南亚气候基本都比较炎热，这边又是这些大牌衣饰的代工厂，所以很多冬季的羽绒服比国内打过折之后的价格还要便宜！而且有些款式都是国内没见过的。我拿起一件“北脸”的迷彩棉袄让吴哲试穿，他说“现在这么热你一路要带着这么大件衣服多麻烦。”“可是错过这个村就没这个店啦！我们可以带回清迈再寄回国啊，这么便宜我都想把这些都买回去代购了。”说完这句话我们两个眼睛都放光了，吴哲赶紧穿上身，摆好 pose，拍了几张图发朋友圈：“在泰国某山上，‘北脸’已经不能更便宜了，要代购快留言。”又来问老板，如果我们都拿下能有更多折扣吗？棉袄一共剩几件？都是什么码？瞟了一眼朋友圈，除了几个点赞的，并没有要直接下手的，我们决定还是先出发去下一个景点。等到傍晚回到客栈才发现朋友圈已经刷爆了。老板那儿一共只剩 7 件，供不应求，第二天一早我们又骑车二十多分钟特意去了一趟，将七件大棉袄通通打包，带上了回清迈的巴士。然而代购并没有大家想得那么简单。在清迈寄快递回来也是很辛苦的，如果寄EMS 要差不多人民币 150 元人民币一公斤，但是我们找到一家在清迈的中国货运公司，寄回国内每公斤只要 10 元人民币，但是那家快递公司离清迈古城区有 20 公里，我们带着各种大包小包骑了半个小时摩托车终于到达了那家货运公司。虽然只要 10 元一公斤，但是要 300 元起运，也就是说货物加起来要 30 公斤。称重后我们只有 23 公斤，我们在填写地址的时候，揽件员看到我们写的是南宁，“你是广西人？我也是。”套近乎的机会来了！在述说了我们的一路艰辛后，揽件员爽快的只收了我们 230 人民币就帮我们发了货。朋友们收到我们的货也发来了一致好评。腿白要离开泰国的时候，我们要走了她身上所有的现金，把通过代购赚到的钱用支付宝转给了她，身上突然多了这么多现金，倒反而觉得不习惯了。

奇特的夜市

在清迈的日子，是悠闲自在又有趣的，路过的每一家店你都想进去逛逛看看。来之前就对清迈的夜市久闻大名，除了平日夜市还有周六、周日夜市。“夜市”对于我这种爱淘货的女生是有无穷吸引力的。第一次逛清迈的夜市，就已经被它便宜的价格和当地特色的小物件勾引的恨不得直掏腰包。吴哲在旁边不停地提醒我“这些东西又没有什么实用性，背着也累。”“这些小链子你戴两天就不见了，浪费钱。”“周六周日夜市还没逛呢，到时候说不定有更好的。”“你不是刚吃完晚饭吗，又吃？那你自己买，我不帮你吃。”有时候男人碎碎念真是比女人还烦。周六夜市在塔佩门，周日夜市在古城北门，长长的摊位看不到尽头。咦，这摊的老板好像在哪儿见过啊，那个蛋饼摊不就是我在之前夜市吃过的么！“吴哲啊，你说这周六周日的夜市老板，就摆这两天摊，那他们平日干嘛啊？”“平日在家做手工备货吧。”“我还是觉得我之前看到的那个小包包好看，我们回河边夜市那里买吧。”吴哲拿我没办法，可是等走到河边的时候发现空空如也。我们恍然大悟，其实不管是平日夜市，还是周六、周日夜市，都是同样的摊贩，只是摆摊地点不同！无奈我们只好回头，最后什么都没买，空手而归。

麦当劳大妈

一日，我与吴哲去塔佩门门口的麦当劳吃午餐，正准备点餐的时候，听到旁边一位大妈用字正腔圆的中文在问服务员“你们这儿有大商场吗？大商场！”边说边用手比划了一个大圆。我们俩在旁边惊呆了，清迈的麦当劳员工是可以直接用中文沟通的吗？！“我要去大商场，我要去买衣服，买手表！”大妈持续地比划着。服务员开口了“You want Big Mic?”原来服务员一句没听懂，他以为大妈要点巨无霸，而此时大妈也没听懂他说的，继续边比划边说“我问附近有大商场吗？”我跟吴哲在旁边看得汗都出来了，赶紧过去帮大妈当起了翻译。服务员恍然大悟，说清迈古城内是没有大商场的，要去远一点的机场附近才有。大妈像遇到救星一样，马上又拉住我说“你再帮我问问，那个千人火锅在哪儿？还有个吃自助餐的地方，有大螃蟹大虾，在哪儿？”在一一帮阿姨问到结果以后，阿姨才心满意足地跟我道谢离开，其实她在出门之前可以把具体位置的地址或店名记下来再问路。后来我们也遇到过类似的事儿，有些国内同胞开口就直接跟泰国当地人讲中文，看到别人听不懂就很大声地把那句话一直用中文重复，好像他重复说了五遍以后别人就懂了。其实一般沟通基本都是问价，问路，问卫生间在哪儿。如果实在不能说英文，问价的时候可以直接用计算器来按，可是问路如果别人回答你英文还是会听不懂，所以不如自己用手机下载地图，把要去的地方在出门前就在地图上标记好。

清迈城外有个叫 MAYA 的商场，一楼的 Levis 常年有很大的折扣，屈臣氏里面有很多泰国有名的药妆，我们本来是准备淘些货代购回去给朋友的，逛到 5 楼的时候看到一个高大上的电影院！吴哲一直很想体验国外的电影院，当时《星际穿越》又刚刚上映，在跟我说了一番好话以后，我才答应陪他一起看。在开映前放了近半个小时的广告，而且电影院里面的空调真的是超冷，我已经想退场去逛街了。突然周围所有人都站了起来，发生了什么？大家开始唱歌了，大银幕开始出现了泰国国王的影像，大家在唱国歌！我跟吴哲也开始跟着哼哼。国歌唱完以后，大家都坐下来，银幕上才开始播放影片。这阵势是我们闻所未闻见所未见的，可见九世皇在泰国国民心目中的地位。

误闯素贴山双龙寺

清迈连续下了几天雨，今天下午终于放晴。“我们租车出去转转吧？”“明天再租吧，今天都过了大半天了。”“哎呀，反正是隔 24 小时才还车，难得雨停了，走！”“那别走太远啊，我晚上要逛夜市。”结果就是，我又被吴哲骗远了。租了车之后，吴哲直接开出了北门，

“你要去哪儿啊? ”“我也不知道，到处转转呗，每天都在城内有什么意思! ”“你别乱走啊，我晚上要去夜市。”……我念念不忘的只有夜市。拿出手机地图，“哎，前面就是清迈大学了，哎，旁边有个手工艺市场。”“哎，清迈动物园也在前面。”“哎，吴哲，路边有家化妆品超市，让我下去问问价。”女人的变化真是快啊。不知不觉我们就上山了，路边有个“双龙寺 3km”的路牌，我才知道这儿就是素贴山了。上到一半的时候就看到一群人在路边拍照，原来在这里有一个观景台可以看到清迈城的全景，正好是快要日落的时候，夕阳的余晖照耀着这座小城真是太美了。我们让旁边的人帮我们拍了合照，这一路我都在遗憾我们两个的合照实在太少了。快天黑的时候终于到了山顶的双龙寺，金灿灿的塔銮都快闪瞎了我的眼，我们围着塔銮转了三圈希望能有好运。双龙寺的僧人要开始做晚课了！真是来得早不如来得巧。僧人先是在塔銮前站了一排，对着塔銮跪拜诵经，旁边所有的游客也全都安安静静，有的会跟着僧人一起跪下来叩拜。拜完以后就进到寺里，对佛祖诵经，有一位带头的僧人，其他僧人跟着念，一共大概十几个人，跟我们在清迈城内帕辛寺看到的虽然相差很多，但是这里更让人觉得入心。游客都在殿外，跟着祈福。从双龙寺出来天已经黑了，山上也开始降温，我在摩托车后座紧紧地抱着吴哲。路过观景台，我们又停住了，夜晚的清迈一点点地闪着光，站在夜黑风高的山上，仿佛就为了追寻那里的梦。跟团的那些一日游游客早已下山，这些是他们不会体验到的。

丛林穿越

在清迈最刺激的一件事应该就是去参加了丛林穿越。我们报了 jungle flight 一日游的团，只因为那里有一条亚洲最长的 900 米的滑索，看着宣传册上的图片，感觉我们要像人猿泰山一样去丛林探险了。带领我们的教练叫 Monkey，他要负责 8 个人，先带我们穿好装备，安全

帽、保护绳，然后开始培训，中英混杂大家也算是都听懂了。来到出发的第一个平台，有另外一位教练跟 Monkey 配合，教练把大家身上的保护绳先都扣到了树上，俗话说一条绳上的蚂蚱，现在大家是一棵树上的队友。Monkey 先用滑索滑到另一棵树接我们，大家再从这头一个个出发。整个穿越过程中有 33 个平台，中间是不休息的，就一直从这棵树飞到那棵树，偶尔还会遇到速降和过独木桥。Monkey 是个很有趣的人，有时候他会倒立着或者摆各种姿势飞出去，就像真的猴子，有时候为了活跃团队的气氛，他也会突然唱一首中文的《小苹果》。但是 Monkey 也是很坏的，有时候他要出滑索的时候会假装要拉你一起飞出去了，在速降的时候，你跟他说慢点放，他就嗖的一下把你放下去了，你还没来得及尖叫已经被他从树上放到了地面。每到一个平台要排队过滑索的时候，大家就会开始互相帮忙拍照，我们看到了两个年龄很小的女生，聊天得知这是她们的毕业旅行，她们之前刚刚去了柬埔寨，然后到泰国。“啊，

我们下一站也是准备去柬埔寨，你们有什么好的推荐吗？”吴哲话还没说完，那个女生马上就说“高龙岛！”“噢？怎么写？哪个高哪个龙？”“就从西哈努克坐船过去，那座岛都没怎么开发，很值得去，我们在上面待了一个多星期，要不是赶行程还想多待几天的。”吴哲以前去过柬埔寨，可是这是他第一次听说高龙岛这个地方，我们默默记下了这个名字。丛林穿越的最后一段，就是亚洲最长的 900 米滑索，我们这边的山头开始下起了毛毛雨，可是你看到对面的山头却是阳光正好，一般绳索都是挂在胸前的，这次我让教练帮我挂在了背后，整个人飞出去的时候像超人一样，山上的风光有多好，你来了才知道。离终点还有五六米的时候，我突然停住了——体重太轻，惯性不够！我已经听到吴哲在终点大笑了，Monkey 快来救我！教练很用力的上下晃了几下绳子，我又离终点近了点，最后 Monkey 爬上滑索用脚把我勾了回来。一落地我就看到吴哲已经快笑出眼泪了，你真的是我的亲男友吗？！

一日游是包含午餐的，吃饭的时候还看到了山间的彩虹，感觉是极好的。

在清迈除了遇到腿白，在民宿阿姨家也认识了一些其他有趣的人。有一个满身佛牌和纹身的成都妹子，20 岁出头，先是一个人去老挝，到清迈以后直接辞掉工作留在了泰国做代购。还有另外一个四川女孩“七七”，比我和吴哲大两岁，也是辞职了想出来走走。有一天晚上两个单身妹子在院子里听我和吴哲讲我们相遇的故事听到快睡着。在吴哲讲述我们之间的事情的时候，我才发现虽然他平常不会说那些甜言蜜语来逗我开心，但是他内心的感情是很丰富的，对很多小事也是很在意的。当他们问我为什么敢下决心离开家跟一个陌生人走的时候，我也答不上来，也许并不是我有多信任他，而是我相信我自己，就觉得如果不跟他走会有无尽的遗憾，而我不喜欢遗憾。

清迈 & 拜县 TIPS:

清迈：

1. 每年不同时间有不同节气，水灯节超赞！在水灯节之前有万人放天灯的活动，提前订有免费票！

2. 清迈夜市与周六夜市、周日夜市，其实摊贩是一样的，只是摆摊的地点不一样。

3. 素贴山一日游不建议跟团，如果开车技术过硬，建议租辆小摩托车，沿路会路过清迈大学、清迈动物园等。上素贴山可以看到全景。

4. 双龙寺在素贴山上，早晚有僧人念经做功课。

5. 骑摩托车注意城内很多单行道，无头盔罚款 200 泰铢。

拜县：

1. 一定要准备晕车药！一定！山路不知道多少弯了！（请看文中配图）

2. 如果去看日出要多穿！早上冷！不会骑小摩托车的只有跟团了。

3. 不建议参加一日游，景点基本都没有门票，在 Google 地图定位好景点，自己骑小摩托车去都可以逛完，省省省！

4. 从拜县可以直接去清莱或者老挝。

对不起，我们这儿没有罂粟

从清迈坐大巴到清莱，刚进城就路过了机场免税店！在清迈代购吃到甜头的我们，一到酒店就租车直奔免税店。但是清迈毕竟只是小城市，免税店里不管是商品还是价格，我们都不是很满意。“哎呀，不要太累了，我们又不是专程来做代购的，走吧去吃饭啦。”到清莱的第一天，我们去了当地的一条夜市，夜市有一片美食区很有意思。中间有一个大舞台，舞台前面的一片空地摆满了各家商贩的小桌子小椅子，围着这片空地就是小商铺。我们点了一个小火锅，听着台上的乐队演出，一曲作罢，突然上来了一个很性感的“女人”，在随着音乐摇摆了一段以后，坐在舞台中间的板凳上开口说话了。我天，原来是个 lady-boy。他用夸张的语气和肢体语言在讲段子，底下的人不时哈哈大笑，我们完全听不懂泰文，一点都没有弄懂他在讲什么，速速干掉火锅就回酒店了。

一般大家都是冲着“白庙”“黑庙”来到清莱的。白庙和黑庙在泰国分别象征着天堂和地域，生和死。跟泰国其他寺庙不同，白庙由泰国著名艺术家 Chaloemchai Khositphiphat 设计，该寺以素白做底，银镜镶边，反射出夺目的光芒，象征着佛陀的纯洁和佛的智慧照耀着全宇宙。这位有着奇思妙想的建筑师同时也是一名画家。我们看到一幅挂在白庙里的画，除了中间的佛像，下面竟然有些动画人物隐藏在画中。心怀美好的人们能乘着莲花船离开乌烟瘴气的地球，飞升到祥和宁静的天佛世界。而在地球之中，不仅有政治人物、9·11 事件，甚至还有机器猫、蜘蛛侠、功夫熊猫等卡通形象，或可理解为通过后现代艺术的方式表现佛教的包容之心。但即便画作打破了佛教传统的条条框框，主殿之内仍然严格恪守着泰国寺庙的规矩：请勿拍照。参观完白庙的当天晚上，在商量第二天行程的时候，吴哲说“我们都到泰国这么北的位置了，不然我们去金三角看看吧。”“金三角有什么好看的，而且离这里 20 多公里远，又没有班车过去，我们最多去美赛看看泰缅边境。”第二天我们准备去黑庙。到清莱之前我们听说过由于中国游客破坏了黑庙展出的物品，之前一段时间黑庙主人是禁止中国游客进入的，所以这次去黑庙我们是很珍惜这个机会的。黑庙的英文名是“Black House”，与白庙相比，黑庙更称不上是寺庙，从某种意义上来说，它更像是一座博物馆，而创造者 Thawan

先生设定的展览主题是地狱及死亡。所以，黑庙内有许许多多与该主题相关的展品，例如地面上一字排开的水牛头骨和鳄鱼皮，桌子上摆放的动物皮毛和大型贝壳，厅堂里用水牛角构成的巨型座椅以及原始部落的猎杀工具。除此之外，黑庙里还有不少表达主题的现代装置艺术，例如用石头在庙宇前草地上摆出原始部落的祭祀图腾，用多张大幅的白色动物毛皮在面积较小的庙宇内营造出一个“死亡”的世界。从黑庙出来，一坐上吴哲的小摩托车他就开始狂奔，突然他一个右转，“你要去哪儿？美赛要笔直走！”“哎呀，时间还早嘛，我带你去金三角转转。”“说了不去啊，太远啊，车要没油啦，要去你自己去。”“那我自己去，难道你从这里走回去啊？抱紧抱紧，地图我已经看过了，马上到。”“大哥，你真的是双鱼座吗？不是射手座最喜欢冒险刺激吗？不是金牛座才最固执

吗？”“我爸是射手，我妈是金牛啊，遗传。”我竟无力反驳。

开了半个多小时，远远看到一座佛像。这里就是金三角么？跟我想象的太不一样了。此地区因毒品而闻名于世的地方，我们一路开过来一片罂粟叶子都没看见。在看到一个码头的时候，我们把车停在了路边，决定下去逛逛。这个码头停靠的是游湄公河的游船，河对岸就是老挝了。岸边还有一座大佛，佛像已经开始呈现中国特色，在大佛像下面还有一尊观音像，这是我们在东南亚第一次看到观音。街边商店卖的东西也有些就是云南特产之类。看到路边有一辆供游客拍照的火车头，上面写着“清迈－西双版纳”，情不自禁地想家了。在GOLD triangle的标志拍过照后，我们还是准备去大其力看看通往缅甸的蓝色大门。

那天天气很好，一路上基本都没看到什么车，我主动要求当驾驶员，感受一把坐在前面的感觉。安全到达美赛，就看到了传说中的蓝色大门，走过这道门就到缅甸啦！有时候真是觉得很神奇，过一道门一条河，坐一次飞机搭一趟火车，你“biu”的一下就可以到达另外一

个国家了。我们去问了缅甸的签证，在这个关口，只能办理一个临时的缅甸签证，也就是进去之后只能在 5 公里的范围内活动，如果要想真正进入缅甸，需要到大使馆办理签证，缅甸没有落地签，而且如果要回泰国需要再办一次入境泰国的签证。最后我们还是决定直接过境去老挝，不先走缅甸了。回程的时候天已经很黑了，路边亮起了路灯，温度也渐渐降低，我在后面紧紧地抱着吴哲，这一天的行程虽然都在我们计划之外，但是却也让我觉得不虚此行。

清莱、清盛、清孔 tips：

1. 白庙、黑庙个别同胞的奇葩行为也是醉了，出国旅行，请注意素质。

2. 清莱旅游不是很发达，美食不多，但是也有 7-11 店。
3. 骑小摩托车去金三角大概 1 小时，去美赛可以直接过境到缅甸，但是进去要交 500 泰铢签证费并且只能在 5 公里内活动，要返回泰国需要再办一次泰国签证。建议大家去大门看看就好。

4. 清莱有 2 个大巴士站，一个在城中一个在城南。

5. 清莱可以陆路过境到老挝。

《“我可不是
7km石子路

第四章

老挝法餐？法棍！

如果你问我东南亚这一趟最喜欢哪几个地方，我会说出一堆，如果你要问我最不喜欢哪儿，我会说老挝。此处仅代表个人观点。

老挝的经济并不富裕，所以我们也做了一定的心理准备。花了 40 泰铢（约 8 元人民币）一个人的价格从清盛坐突突车 3 公里路到关口，然后花 20 泰铢（约 4 元人民币）一个人的价格坐了 3 分钟的大巴过了座桥就到了老挝。这种垄断的交通，不坐也得坐。在老挝关口办落地签，看到前面几个欧美人都交的 30 美元一个人，网上不是说落地签只要 20 美元吗？一般听说关口会勒索小费也就 1~2 美元，这涨了 10 美元太夸张了吧。等到我们的时候，我只递给了他 40 美元两个人，他也没找我多要。原来中老友好，中国人只用 20 美元一个人，欧美人才需要 30 美元一个人，突然觉得中国护照其实也蛮好的。等签证的时候，旁边有两个中国大哥过来跟我们聊天，“你们是出来旅游的吧？”“是，你们两位也是来旅游？”“不不不，我们是来做生意的，自己开车过来的。”“自己开车？从哪里？”“内蒙”“我天，那么远！”“出来混口饭吃。你们是哪里人？”“我是武汉，他是广西。”“我们开车还经过武汉了的呢。”“老挝这边治安好么？有什么要注意的么？”“还好，就是比较穷，交通不是很方便，所以我们都自己开车过来了。”聊天的这会儿功夫，签证已经办好了，我们从签证官那里接过护照，跟两位大哥道过别就出关了。可是一出关也傻了眼，关口外面到处是荒地，连个小卖部都没有，拿出导航一看，离市中心坐大巴的位置还有 2 公里多，门口停了一排突突车，过去一问价，呵呵，100 泰铢（约 20 元人民币）1 个人，不杀价，我们跟一起出关的几个外国人一起大概有 6 个人，我们说，我们六个人挤一辆突突车，便宜点 400 泰铢（约 80 元人民币）行不行，那些人硬是不还价要 100 泰铢(约 20 元人民币）

一个人。我们说那我们六个人分别做 6 辆突突车，你油费也耗了，现在我们 6 个坐一辆突突车，给你 80 块是一样的啊，那个人想了半天还是不答应。我们真是被老挝人民折服了，不知道他们是没听懂我们说的还是没算过来，大家也都很无语，不想任人宰割，决定不坐车走路去大巴站。可是当时下午大太阳晒着，我跟吴哲刚走出关口的大门就已经感觉要中暑了，刚刚那个内蒙大哥不是说他们是开车来的嘛，我们为什么不等他们出来然后带我们到大巴站？简直各种悔恨涌上心头。

出来在路口看到有一排大货车，有的上面写的是中国字！同胞啊！吴哲又赶紧过去问“能顺路带我们去市中心么？”看着他垂头丧气地回来，大概也就知道了结果。当我们再次背上大包准备出发的时候，有一辆小皮卡停在我们旁边，是一位当地人，刚刚接了三个孩子放学准备回家，知道我们想去市中心，表示他家就在市里面，正好顺路，可以带我们！我已经两眼放光了，可是还是要先问好价钱，他摆了摆手“不用了，快上车吧”，天，我们简直就要把他抱起来了。他让我们和他的三个孩子坐在后面，他自己在前面的驾驶室。三个孩子都还比较小，看到陌生人都比较认生，两个稍大一点的男孩一直望着车外，最小的妹妹好奇地盯着我们的一举一动。傍晚要日落了，夕阳的余晖洒在湄公河上，我们一边欣赏着美景，一边庆幸遇到了友好的老挝人民，他连我们两个的证件都没看过，就直接让我们在后面跟他的孩子坐一起，我们真的是十分感激他对我们的信任。到他家的时候我们下了车，把身上一桶还没开封的薯片拿出来给了妹妹，妹妹接过去的时候害羞地笑了笑就跑开了。在我们往大巴站走的路上，有人喊我们?！啊，是刚刚在关口的那两位内蒙大哥，知道了刚刚发生的事情，直接让我们上了车，说要带我们去吃饭，再去车站，可是我们时间赶不及了，到大巴站的时候最后一班车正要走，我们赶紧买好票，跟内蒙兄弟拍了张合照就上了车。

咬人的蚂蚁

老挝的第一晚大巴就给了我们一记下马威，在清莱的时候我们导航去琅勃拉邦，直线距离 85 公里，但是我们从会晒上了大巴以后，开了整整 12 个小时才到琅勃拉邦。这一晚的山路，没有路灯，没有柏油马路，各种会车，各种转弯，由于车上超员，最后几个上来的乘客就拿小板凳坐在了过道里，我们已经为买到了最后两张座票庆幸不已。半夜 12 点多的时候司机在磨憨口岸停了一会儿，这是我们一路离中国最近的时候，十五公里外就是中国境内了。那种三过家门而不入的感受，我只能坐在椅子上，靠着吴哲，想想接下来的路。半夜四点的时候师傅又停车了，说是让大家去上厕所。一下车，旁边都是黑漆漆的，听得到河流的声音但是完全看不到河在哪儿，在这山沟沟里又没有路灯，大家都不敢走远，实在尿急的只敢躲在车后解决。师傅在这儿还睡了快一个小时才继续赶路。

到琅勃拉邦的时候天已经亮了，赶紧找了家舒适的民宿住下，补了个觉才开始去感受外面的美景。

这一路走来，从泰国进入老挝之后幸福指数直线下降。中午起床去吃饭，一碗素粉，别说肉丁，就连菜丝都没有，人民币 15 元一碗，想买瓶可乐改善一下生活，人民币 6 元一瓶。走了没多远就看到有邮局，果不其然，寄明信片回国需要 9 元，卖邮票的人不耐烦地丢给我们两张邮票就继续玩他的 iPhone 6 plus 了。不是说老挝经济很不发达吗？为什么人民这么富有！

在琅勃拉邦逛了一天，可能由于之前在泰国看了太多庙，所以对香曼寺香通寺我们都已经没有太大兴趣，而且泰国的寺庙基本都是没有门票一说的，但是这儿不收才是奇怪了，我们就一个人买票进去参观，另一个人在外面等着。晚上在夜市，看到跟泰国卖的一样的裤子、包包，价格却是泰国的一倍，逛了一圈，沿街都是法国餐厅，路边都是卖法棍的摊位，有一家路边自助餐 8 元钱管饱！而且好多人，晚饭就选这儿了！所谓的自助其实有点像国内的盒饭，但基本看不到肉，你以为是肉的东西很多是面粉和豆干做的，但是 8 元钱能管饱已经让我们很满足。大家拼坐在一张大长桌上，坐得近的人就开始聊天，坐在我们对面的是一位美国阿姨，她说她有自己的公司，每年旺季的时候她就会赚很多钱，淡季的时候她就一个人出来旅行。我们开始跟她抱怨觉得老挝旅游既不方便，物价又贵，跟泰国比起来差好远。她说："我也去过泰国很多次，泰国现在的旅游业确实发展得很好，但是老挝我也来了两次了。其实我每次出来旅行不一定是为了要享受，我只是希望旅行能让我的工作生活得到平衡。老挝也有我很喜欢的地方，人少，基本都是自然的景色，没有太多人工的或者太现代的生活，我在这里可以很舒服地待一个星期调节自己。"听完这些，我跟吴哲对视了一下，点了点头。我们好像出来太久就忘了，当初我们出来，没有想过一定要穷游或者富游，只是想融入当

地人的生活，吃当地的，穿当地的，用跟当地人一样的交通工具，了解当地最本土的故事，而这些也许是没有办法拿来做比较的。老挝还只是开头，我们就已经有了抵触，也许后面还有更多等着我们去体验的。

第二天我们来到了很多人向我们推荐的光西瀑布。对于老挝的自然景色，我还是要大大点个赞的。光西让我有置身九寨沟的感觉，水的颜色很漂亮，在下游的水潭里，有人在里面跳水游泳，爸爸带着小儿子在里面玩水，满眼都是愉悦温馨的画面。到瀑布下面的时候听到的都是“wow”的惊叹声。瀑布很高，清流直下，阳光透过旁边的树缝照着瀑布，好似世外桃源。胆大的人可以直接站到瀑布下去拍照，但是这儿是不允许下水的。旁边有一条路，可以通往瀑布的山顶，就在我们准备上去看看的时候，

“哎呀，啊！”

“怎么啦？”

“有蚂蚁咬我！你看！那么大！我不要去了，你去吧，我在这儿等你。”

这是我人生第一次被蚂蚁咬，而且起码是比我们平常见的大 5 倍的蚂蚁！这条上山的路上到处都是树啊草的，感觉上去会被蛰死。吴哲没

办法说服我，只有自己上山，送我们的车 3 点就要往回开了，我们约好 2 点 45 分在瀑布下见。等他的时候我也没闲着，看到栏杆上有黑蚂蚁，就拿出包里的青草膏，挖一点堆在它要去的前方，看会不会熏死它；再不然突然发现个超大的，就又挖一大块盖在蚂蚁身上。半个小时过去了，青草膏都被我挖了小半瓶，依然没见吴哲回来的身影。看着只有十分钟车就要返程了，我决定还是自己先下去，先拖住司机。我一路走，一路回头望，到景区门口的时候看到很多跟我们一车来的人都围着我们的车在聊天。大家都回来了，吴哲你到底去哪儿了！已经不记得第几次发生这种事，我不是怕他迟到，我是怕他在山上悬崖上摔了或者出什么事！看着景区大门陆陆续续出来的人，越想越急，眼泪已经在打转了，“哎，你已经下来了，我还在等你呢。”一个熟悉的声音从背后传来，我一回头，他竟然比我先下来了还在等我？“你什么时候下来的，我在下面等你半天，我还以为你在山上怎么样了！”说着说着就大哭起来，他反而是笑死，“我是在山上滑了一跤，但是下来的时候好像是从另一条道下来的，没看到你，我就先回车上等你了。”路人对我们这种在景区门口一个哭得像花猫，另一个却在笑哈哈的情侣投来了完全不懂的眼光。“看来之前沟通的还是很对的嘛，如果我们走散了就回到原地等对方就好了。”“我再也不

要跟你分开了，你那么爱出状况，我都怕你会发生什么不测。”说着又要哭起来。这一路，遇到越多的事，越觉得离不开彼此。

在琅勃拉邦的最后一天早上，我们去参加了布施。早上 6 点多皇宫门口的街道上就跪满了人，他们面前都放了一些水果和一篮糯米饭，最有意思的是，在他们的对面站了一排摄影界的朋友，各种长枪短炮三脚架已经准备好，记录这特殊的当地习俗。当然，你也可以参与到布施中，只要你去路边买些糯米饭或者水果，再到他们中间找块空地跪下就可以了。 差不多 6 点半，僧侣就会排着队来到这里，人们把盆里的饭抓一点放在僧侣的钵里，整个布施活动大概 10 分钟。佛教在老挝有很高的地位，只是可能每天来拍照的人太多了，所以这里的布施有些商业化。

琅勃拉邦 TIPS：

1. 落地签。护照、照片、20 美元。

2. 从泰国到老挝，幸福指数直线下降。注意关口过关的时间。

3. 从会晒到琅勃拉邦要 12 个多小时，售票处会超额售卖，确保自己有座位，不然要坐过道。

4. 老挝日常生活物价是国内的一倍，本国没有工业，全靠进口。

5. 布施是在早上 6 点 ~ 6 点半在皇宫附近进行，如果你买了糯米饭等，也可以参与。

6. 琅勃拉邦的车站在城西，自己去买车票比在旅行社代买便宜很多，文中有车票价格图。

7. 光西瀑布可以游泳，只要你不怕水冷。

8km 的颠簸骑行

从琅勃拉邦到万荣又是一段不简单的山路，到达的时候太阳都快下山了。车站又是在城外，我们往城里走了差不多两公里找到了一家喜欢的酒店。他们家都是独栋的小木屋，屋顶就是茅草堆的那种，房间里只有一张床、一个小床头柜，床上有一个大蚊帘，床上用品可以算是星级标准了，比很多客栈都要好，浴室是公用的，没有热水，酒店有泳池，还有一个很大的排球场，推开小木屋的门就可以看到远方的山。万荣素有“小桂林”之称，辛苦了一天能有这么个休息的地儿我们已经很满足了，而且每间房只要 55 元人民币左右。

早上睁眼醒来，阳光透过茅草屋的细缝洒在脸上，整个房间里是一个个的小光点。推开门，吴哲在门口的小阳台上画画，远方有山有水，这样清新又温馨的早晨已经很久都没有过了。万荣真的不大，整个镇估计就方圆两公里，但是从万荣出发可以去附近参加轮胎漂流，万荣附近还有一个 Blue Lagoon。由于那些要去轮胎漂流的人一早就出发了，所以我们只能自己骑车去 Blue Lagoon 先看看。在地图上定好位，往返 8 公里，这里的摩托车半天租金就要 50 元人民币了，太不划算，我们最后花了 20 元人民币租了两辆好骑的山地车（这一段千万不要向我们学习）！

去 BL 要先过一座桥，真正的考验过了桥才开始。从镇上骑到桥这一路都还是水泥路，刚一过桥一下坡就是碎石子路，开始以为这样的路就一段，结果后面 3 公里全是这样！ 3 公里的路我们骑了差不多 40 分钟。路上遇到两个姑娘，直接就把自行车停在了路边开始步行。从来没有见过这么碎的碎石子路，比搓板还可怕。骑了 5 分钟握车把的手就被磕得又麻又红。感觉想掉头也不是，想往前更不是。太阳也越来越晒，我们就带了一瓶水在他车上，我想让他给我喝口水，但是嗓子已经干得冒烟叫不出声，吴哲一直在前面，要我快点快点，他越催我越慢，最后也不

知是真的中暑还是被他气晕，从车上摔了下来。吴哲这才骑回来，“哎呀，你怎么啦，又低血糖了？要不要喝点水？休息一下吧！”“你只知道催我啊，也不关心我渴不渴、累不累，不鼓励我就算了，还要一直在前面嫌我慢，你快你先去啊，不用你管我。”吴哲看出来我是真的难过了，他竟然跟我说了“对不起”，平常一堆理由的他现在竟然态度这么好的跟我道歉了。我接过水喝了大半瓶，“你要是骑不动我们就回去吧？”“不要，我都受了这个罪了，我一定要去。”休息了一会儿我们又出发了，这次他一直在我后面跟着我，偶尔还会跟我并排，用一只手推我一把，最后看到那一潭绿水的时候突然觉得这一路就值了。

BL 就是一块天然的游泳池，池边有一棵大树，伸出来的树枝就成了大家天然的跳水平台，池水约 2~3 米深，水质很清澈，我这种旱鸭子只有租个大轮胎救生圈坐在池边玩水。由于池水都是纯天然的，水是从山上流下来的，很凉，没有太阳晒会觉得很冷，所以是天然避暑的好地方。我坐在水里的时候，老觉得屁股有刺刺的感觉，后来拿防水袋到水下去

拍照才发现下面全是小鱼。大家在这里跳水的跳水，荡秋千的荡秋千，抓鱼的抓鱼，太阳下山的时候才纷纷意犹未尽地准备回家了。看着别人要么一起包突突车来的，要么骑小摩托车来的，再看看我们那破自行车，我也只能呵呵了。回去的途中，我们遇到了放学回来的孩子们，他们每天也是要在这样的石子路上骑自行车去几公里外的镇上上学，但是看到我们的时候他们脸上都是最天真的笑容。

一天里经过大热大冷，晚上回来还没热水洗澡，吴哲发烧了。大热天没空调，还把他包在被子里，把不穿的衣服也都给他盖上捂汗，药包里的退烧药之前被我吃完了，附近也没有药店，只能买了很多水让他不停地喝，明天去轮胎漂流的计划也只能取消了。

发了一夜的汗，第二天体温降了一点，我们买了去万象的票，想早点去首都，看看有没有药店可以救急。

车到万象，停车场附近的一排门面很多都有中国字的招牌，我们问了几家酒店的价格，普通的民宿酒店竟然要差不多 500 元人民币一晚，

再问那些酒店前台这附近有药店吗，他们完全听不懂。我们真的是在首都吗，坐车一路过来看到的房子估计最高的就 5 层，没有医院没有药店，吴哲还生着病，我们要住哪儿？我已经心乱如麻了。“哎呀，不急了，我现在还好，我们先找个地方吃东西吧。”我们选择了附近的馄饨面馆，拿出手机搜索了一下附近的景点，“其实万象主要的景点，都在旁边的一条主干道上，我们一下午就可以逛完了吧？不然我们直接买晚上的车去巴色吧？”“你现在还在发烧，这么赶，抗得住么？”“我已经好多了，还可以骑车带你，走吧。”我们去旁边的旅行社买了晚上出发去巴色的票，然后租了自行车开始了万象一日游。沿着主干道我们去了丹塔、万象凯旋门、塞塔提那国王雕像、塔銮。逛完这些地方我们只用了 4 个小时。对老挝所有的期待就放在四千美岛了。

又发烧了

去四千美岛首先要经过巴色，从万象到巴色是我们在老挝一路坐过的最舒服的一次夜车。车的左右两边各有一个卧铺，每个卧铺睡两个人，车体是全透明的窗户，一路都很平坦，没有蜿蜒的山路，晚上睁开眼就会看到满天的星星，有爱的人陪在身边，那一刻真是好浪漫。第二天一早，感觉还在睡梦中就被人叫醒了“巴色巴色”，睁开眼的时候已经有人在床头热情地帮我们往下面拿行李了，等我们下了车才发现原来他是一个突突车的司机，而我们的行李也已经直接被放到了他的车顶。“这里离镇中心还有 3 公里呢，我的突突车只要 5 块钱一个人。”这个司机真的是太热情了，而且态度太友善了，被他“帮忙”拿包的一共有 6 个人，5 块钱也不多，大家就给了钱上了车，其实车站旁边还有好多突突车，但是这一辆是最先装满人出去的。在一阵兜兜转转以后，司机把我们放到了一家酒店，然后满脸笑容地离开了。这家酒店价格便宜，一楼有自家面馆，还可以拼车去附近的景点，越来越觉得突突车司机真是个好人。

在大巴上吹了一晚的空调，吴哲的病又加重了，到房间以后整个人躺在床上动弹不得。让他洗了热水澡，还是老办法把他裹在被子里，再买几瓶水放在床头，给他太阳穴涂了青草药膏，就出门帮他去找药了。附近有几处世界文化遗产，但是都有 70 多公里远，吴哲这小身板，只想让他好好歇歇。

外面烈日炎炎，街边没有什么商铺，马路上只有三三两两的人，沿着酒店门口的这条路刚走几分钟我就被眼前所见给惊呆了。这不是我们早上下车的车站吗?早上的车夫带我们坐了十分钟的车，现在我步行 3 分钟就到了?！为了给我们制造远的感觉，也是辛苦他带我们绕了那么远了。巴色本身是个很小的县城，问路边的人哪里有“pharmacy”没人听得懂，但是跟他们说“sick”，假装生病咳嗽了几声，终于有人给我指出了一家药店，但是药店的医生又听不懂“fever”，我只能用手摸着头，再做扇风的动作表示热，他给我拿了个治感冒的药，意思是这个效果最好了！我万分感激地付了钱，赶回去让吴哲吃下。

晚上看吴哲的病好些了，带他到附近唯一的一家西餐厅吃饭，没想到竟然碰到了七七！“好巧噢，你们不是比我晚出泰国吗，怎么这么快也到巴色了？”“他在万荣就感冒了，所以就没去轮胎漂流，然后我们在万象也只是大致逛了一下，早上刚到。”“我接下来要去四千美岛和柬埔寨。”“我们也是，那不然一起吧。”就这样我们结成了锵锵三人行，一起去买了到四千美岛的船票。

万荣 & 万象 tips：

万荣：

1. 去 blue lagoon 一路 8 公里全是大碎石子路，不建议骑自行车，手和屁股要废，有图。

2. 去 blue lagoon 要过一座木桥，要收费，保留好收据，返程的时候还要查。

3. 想去玩水的话要带好大毛巾，blue lagoon 或者漂流都是自然项目，水很冷，容易感冒。

4. 漂流如果想带相机或者手机，请确定防水袋牢固，我们遇到一个小伙伴买的 iPhone 6 掉水里就冲走了。

万象：

1. 建议租自行车逛城。

2. 建议提前订好酒店，去了再找很难，walk in 很贵。

熟悉的湘味

四千美岛在老挝南部与柬埔寨接壤的湄公河流域，在接近老、柬边境的地方，有约 50 公里长的河道比较宽。雨季到来时，最宽的地方达 14 公里，是湄公河在老挝境内最宽的一段“腰”。旱季河水退落，这段“宽腰”会出现数以百计的小岛。如果把小渚、沙洲都算上，数量过千，当地人略加夸张就把这个区域称为“四千美岛”（引自百度百科）。我们到了东德岛，一上岸就是一排像吊脚楼一样的民宿，整个岛上没有星级酒店，没有热水，没有空调，民宿的房间里都只有一张床，有独立卫生间或者叫蚊子窝，我们沿路看了好几家，最后选了一家有漂亮河景且价格又合理的，合理的概念就是，25 元人民币一天。整个岛方圆不超过 3 公里，一辆自行车足以满足我们的出行需求。我们每个人找房主租了辆自行车，放下行李就出发了。东德岛和东阔岛有一座小桥连着，我们从东德岛中间穿过去就两公里，只是桥中间冒出来的一个人拦住了我们的去路。那位阿姨一副“此树是我栽，此路是我开，山中无老虎，我就是大王”的风范，我们也不敢冒闯，问过价以后得知 20 元人民币一个人，对面的岛上会有一个瀑布，景区门票也包含在这 20 块钱里，但是景区下午 5 点就不让进了。一看时间，已经 4 点多了，我们决定骑回去明天再来。环岛回去的时候，我们看到了岛上居民最真实的生活状态，爸爸妈妈带着孩子在河里洗澡、消暑、洗衣服，小伙伴们也在水里打打闹闹。再往前走一点，好多水牛都泡在水里一动不动。岛上的 wifi 信号很不好，除了在自家门口的吊床上吹吹风，跟邻居聊聊天，在路边捡些掉下来的椰子，也没有什么其他的活动。

太阳落山后整个岛上就全黑了，我们怕不安全，准备就在附近找点吃的。走了二三十米，听到路边一个小房子传来了《快乐大本营》的主题曲？！岛上有中国人？！“您好？”我们试探着用中文打招呼，“你好，”回答的是一位阿姨，真的是中国人！天，感觉像遇到救星一样，“麻烦问问这附近哪儿有吃饭的地方？我们第一天上岛。”“你们几个人？”“就我们三个”“不然你们就在我这儿吃吧，我冰箱里还有点菜。”“啊，真是太感谢您了！额，是多少钱呢？”“一个人 25 块吧，不贵的，岛上的物资运输不方便，我给你们做两荤一素。”毕竟是自己的同胞，我们也不好跟她再多讲价，“嗯，好，麻烦您了。”进来才发现这也是一间很简陋的房子，只有一个大通间，靠门口的位置放了些白天售卖的五金零件，后面就放了一个大方桌，一个床铺，一台电视。“您是哪儿人啊？”“我是湖南的”，趁阿姨做饭的时候，我们也开始跟阿姨聊天。“跑这么远，您就一个人住这儿吗？”“是啊，孩子在国内读书，我跟他爸在老挝做点生意，他爸现在在岸那边。”“一个人在这里肯定很辛苦吧？”“习

惯了也就还好，也不总是在岛上，有时候还是会到岸上去，过来混生活嘛。”我们看到阿姨洗菜洗碗都是用的一个大桶装的纯净水，岛上的生活条件真的很艰苦，阿姨家连 wifi 都没有装，只有一台电视可以供娱乐消遣，这一切都是为了生活。阿姨给我们做了一道鱼头汤，一个青椒肉丝，还有一个番茄鸡蛋，也不记得有多久没有吃到中国菜了，那天我添了两碗饭，一边跟阿姨聊天，一边看着《快乐大本营》，那一瞬间有回家的感觉。吃晚饭的时候，我们仨商量了一个大计。去东阔岛那里要收费，可是那个人不可能一天 24 小时都站在桥上等人通过吧？不然我们明天早点起看能不能逃票过去？这个想法一提出，马上就全票通过了。

入岛逃票未遂

由于晚上睡觉蚊子多，没有空调也比较热，一晚上都睡得不是很好，第二天早上闹钟还没响就已经自然醒了。清晨 5 点的四千美岛，日出刚过，天空的云压得很低，只有在云缝中看到一抹朝霞，四周都很寂静，好像都还在睡梦中没有醒来。骑车路过昨天的水牛，它们依然在水里泡着，到桥头的时候发现果然没人，三个人很明显都加速冲了过去，本以为这样就成功了，结果有一个路口要转弯我们没转，笔直骑到了岛上的“海豚湾”，传说是可以开船出去看江豚，江对面就是柬埔寨了。由于我们来得太早，码头这儿连个船夫都没有，路边又正好出现了一家面摊，我们想着都过了桥了，不急，先吃个早餐吧。吃早餐的时候竟然遇到了早上的布施，这次跟我们在琅勃拉邦看到的很不一样。只有两个僧人，一个年纪偏大，

另一个才 20 出头的样子。早餐店的女主人拿出一张椅子让老僧人坐下，年轻的僧人就站在旁边，女主人跪在老僧人面前，老僧人坐下后开始念经，过了一会儿女主人就拿出一些糯米饭放在了小僧人的钵里。这比我们在琅勃拉邦看到的要朴实得多，也虔诚得多。一看时间已经差不多八点了，僧人走了以后我们也买单准备出发去瀑布那边了。到瀑布门口的时候才发现，原来瀑布门口还有一个收门票的入口，在我们走错路、吃早餐、看完布施再来到这儿以后，门口检票的人已经上班了！白起那么早，每个人还是乖乖交了 25 块钱。这里的瀑布不高，但是很宽，面积很大，瀑布的水跟黄河差不多，虽然说可以下水游泳，但是这样的水质也没看到有人敢下。景区里面有一片休息区，有两张台球桌和三张吊床，旁边还有一个吧台可以点餐和饮料。工作人员估计是第一次看到来得这么早的客人，看我们的眼神都怪怪的，我们也管不了那么多，分别占了一张吊床开始补眠。等醒来的时候竟然都已经是下午了，吧

台那边也已经坐满了人，都不知道我们睡觉的时候有没有被偷拍。

回程的途中看到有一家人在路边吃饭，我们也已经饥肠辘辘，看到有客人来他们也很热情地招呼我们坐下，虽然不能很流利的沟通，但他们还是懂得了我们想点三碗面。可能真的是来的客人太少了，我们再问多少钱一碗的时候，他们报价一点也不熟练，感觉在考虑到底要收我们多少才好。最后一碗肉丝面只收了每个人 8 块钱，这在老挝已是很便宜了。

四千美岛上没有星级酒店，没有商业街，没有海鲜大餐，没有电没有热水，但是你从人们的脸上可以看出，他们依然活得很快乐。

再见，再也不见

虽然老挝一路的行程都比较辛苦，但是把它当做一次历险，也是不错的感受。本以为就要带着对这里所有大自然的赞美离开了，但是在老挝最后一天的早晨，却发生了我们这趟旅途中最最不愉快的一件事。

我们提前一天买了从四千美岛到暹粒的车票，整座岛上的车票价格都是一样的，有一家老板人很热情，而且英文说得很溜，最终我们决定就在他家订票。他说去暹粒有两条路，一条新路，一条旧路，新路 38 美元，旧路 35 美元。新路早上 8 点半出发，下午四五点就可以到达，老路要晚上 10 点才到。我们有三个人，而且当时我们身上的现金真的是不多了，岛上没有任何可以取钱的地方，讲了很久的好话之后，老板答应我们新路每人 35 美元，在给我们车票的时候还反复强调 100% 是新路。第二天一早就有船先把我们从岛上接回陆地，然后我们到一家叫“LNC”的公司把之前买票的收据换成了一张红车票，原来这些班车都是他们公司负责的，其他售票点都只是代理。

换票的时候，工作人员问我们办好柬埔寨签证没有，如果没有就交 40 美元给他，过关的时候他会帮我们代办，可是我们在网上看到的柬埔寨签证明明只要 30 美元，我们说我们要自己去办，有些欧美游客也是自己拿着护照说自己办，他说 ok。等车的时候，先来了一辆小型面包车，我们拿着自己换到的红车票去问是新路的车吗，他说这个是白车票的车，要我们再等。没多久又来了一辆大巴，然后就说拿红车票的上车了，上车之前我特意问了司机，几点到暹粒，他说下午四五点，我想，那这应该是走新路了。结果从老挝出境了以后就换了一个暹粒的司机，司机一路开，到上丁的时候停了一下，有人下车，接着继续笔直开，时间越来越久，而且一路都是砂土路，车上的乘客都觉得不对了，因为新路应该在上丁就右转了。有一个俄罗斯女生第一个去问了司机，司机说“这是我们公司的老路，我们一直走这条线，到暹粒估计晚上 10 点。”大家都惊呆了，不仅我们被骗，整车人都被骗了，那个女生非常生气，但是现在这个司机已经是暹粒的了，跟老挝联系不上，没有办法掉头，出境了也不可能回去找老挝 LNC 退钱。整车的人都在议论，有的乘客甚至是花了 40 美元买的“新路”的票，司机听到这个价格说“噢，他们收你们太多了，从我们这里到他们那边只要 24 美元。”有的乘客晚上约了朋友在暹粒见面吃饭，但是现在要 10 点才能到。呵呵，这还不算什么，车一路往南开，到磅湛的时候，司机说去暹粒的还要换车，这辆车要开去金边！当时已经是晚上 10 点多了！大家换了一辆更小的车，行李都只能堆在过道，车上空调也是坏的，车里很闷。等真正到达暹粒的时候快凌晨 3 点了！！！整个人都要被气哭！有的乘客想着下午 5 点能到还订了房间，越发是被坑得惨。

如果说没有新路只有旧路，没有人会抱怨，大家会有另一手准备，但是这种完全不负责任的欺骗简直是把大家当傻子。后来在暹粒待的那段时间，我们遇到一些也是从四千美岛到暹粒的朋友，他们也遇到了相同的事，只有个别是真的走新路来的。

如果大家想不被坑，建议还是从柬埔寨到老挝，不要从老挝到柬埔寨了。虽然我知道老挝是很多户外玩家、摄影师的天堂，但我想我这辈子不会再去老挝了。

四千美岛 TIPS：

1. 从百色去四千美岛的车票一定要确认是包含了巴士和渡船的！如果旅行社说包含了，但码头的工作人员要再收钱就打电话给旅行社！

2. 从东德到东阔孔要收过桥费，但是早上 8 点以前和下午 6 点以后没人收（门票是包含里面瀑布费用的，到瀑布那里还是会查票，瀑布收费站工作时间是 8：00–17：00，所以如果真的想逃票，要在 8 点前到达瀑布）。

3. 如果能在巴色订四千美岛到暹粒的联程车票就在巴色订，不要到了四千美岛再订去暹粒车票！四千美岛非常坑人！ 90% 的人都被坑了！被坑以后感觉再也不会去老挝！

老挝出境关口：

1. 请收好自己入境时填的出境卡，如果弄丢了会敲诈你 5 美元。

2. 过关的时候会找你要 2 美元的小费，硬性要，不给不盖章，你就问他为什么，然后找他要发票，如果他说没有你就不给，如果实在僵持久了就给 1 美元，不要管你前面的人是不是都给了，这是敲诈。

第五章

暹粒王朝终是一盘Amok

第 56 天，彩虹

2014 年 12 月 2 日，暹粒，天气晴朗，我带雯雯在城里四处觅食。

我说，吃啥，她说，随便。然后我们就为吃什么吵，了，起，来！

接着雯雯被我气跑了，我一路悄悄跟着她，感觉她的火还在头上啊，上去搭话会被碾压的吧……然后就一直跟回了住的地方，然后她就收拾好行李，说要回家，然后甩门而出，根本拦不住啊！难道这就是传说中“随便”的威力？我真是蠢啊，和女朋友讲道理的只有两个下场，一种是输，另一种是彻底输，现在是后者的感觉啊！

赶紧电话叫来七七帮忙，结果两个人都拦不住啊！只见她跳上突突车就往机场去了，不行，我得追上去。

因为她没带钱。

2014 年 12 月 2 日，暹粒，天气晴朗，不过我的心情不好，因为 5z 老喜欢和我争。

这是我们旅行的第 56 天，也许是一路积累了不少琐碎的分歧，渐渐的我开始觉得 5z 越来越不懂得照顾我的感受，我们就像两个火药桶，一触即发。换句话说，我们已经进入了这次旅途的疲惫期，至少我是这么觉得的。对于认识不到 6 个月的情侣来说，也算是一道坎了吧。

“我不想再走下去了，我好累！就到此为止吧，我们……”这已经不知道是第几次我们为一件小事各执己见了，我说往东，你偏说往西。

“我是就事论事啊，你也知道我习惯站在一个对立的角度思考问题，我只是希望……”

“够了，我不想听，哪有你这么不会照顾女朋友感受的男朋友啊，我出来不是为了和你做辩论赛的啊！”我红着眼睛，无助地看着眼前焦急的 5z，感觉熟悉又陌生。

情侣旅行是一场对两人感情的考验，这句话一点都没错。

5z 只是沉默着，极少的话对我说，别闹了，这里是暹粒，有什么我们坐下来好好谈。但这些都不是我想听到的，这些字眼反倒让我觉得更委屈。我感觉眼睛里有东西在打转，但是我对自己说一定要忍着。

我收拾好了所有的行李，这次我选择放弃接下来的行程，回家。一路上我想过很多迫不得已的情况，例如丢了钱包，肠胃炎……但是我们都挺过来了。反倒是我们自己，没能经过相互之间的考验。我背着包，甩头就离开了，冲出旅店，拦下了一辆路边的突突车，直奔暹粒国际机场。回家了，旅途结束了，一切都结束了，我心里想着。想着想着，终于没忍住，一路哇哇地哭成了一个傻子。

从那家旅店到暹粒机场的 6.4km 路，是我记忆中最漫长的距离了。

“5 Dollar” 突突车在机场外的收费闸停住了，司机张开五指手掌。这根本就是在宰人好不好，按照一路的经验，这段路最多就 2 美元！

“5 Dollar”司机像复读机一样复读着。

不过那时的我根本不想考虑这些了，只要能回家，摆脱这里，我多少钱都愿意。哎，糟了，刚才吵架的时候一赌气把所有的钱都丢在旅店里了！手机里，网上订机票的页面还停留在等待输入验证码的状态，可我，竟然被困在了机场外……

正当我要急疯了的时候，一个熟悉的身影从旁边的突突车上跳了下来，原来你一直追着我到了机场，这是上演电视剧的节奏么？我不要原谅眼前这个人，我不要原谅眼前这个人……我反复和我自己说。

呼！总算赶上了。果不其然，我看到她被困住了。

“How Much？”我走上前对司机说。

“5 Dollar！”司机举起五根指头

“What？！ Only 5 kilometre，2 Dollar enough！”大哥你是看我们好欺负是吧，你怎么不去抢银行啊！

“No，No，No！ 5 Dollar！”司机不依不挠，可是哥在气头上，没门！

“3 Dollar”我竖起三根手指。

“Ok，4 Dollar”司机你也太没骨气了啊，这就坚持不住了。

“2 Dollar”我竖起两根手指。

“Ok，3 Dollar”。

转头刚想和雯雯炫耀一下，咦，人呢？又跑远了，怎么办怎么办！

5z 在和司机砍价?！看到司机败了，不知为什么，我心里噗嗤一下地笑开了。砍价这事，他根本就没赢过，那时我一直说他太善良，太好欺负。不对！现在我们明明在吵架，不能留情！我手机里机票支付的页面一直没有确认，接着我踯躅地向机场走去。而 5z 也只是默默地跟着，他想要干嘛?

“别走，我们继续走下去，今天是我们旅行第 56 天，还有第 57 天、第 100 天、第 1000 天要走。”就在机场门口前，5z 突然冲上前来拦住了我，“没有你，这趟旅行也没有意义了。”

“你看，老天都感动了哦！”晴朗的天气突然下起雨来，我俩躲在机场大门的屋檐下，一个满眼泪水的我，一个要拥我入怀的他。这好像是 5z 第一次说这么肉麻的话，难道老天都在帮忙么?

其实我只是把电视剧里看到的台词在脑中串了一下。

于是我靠在 5z 怀里哗一下就哭了，从来没有的伤心，我把我的委屈抱怨不开心，统统甩了出来，整整一个下午。我知道，一路上的所有事情都是试炼，你却偏偏是话不说开的人，总惹得我焦急生气，当初我奋不顾身地选择辞职跟着你，而你却不理解我、支持我。看到你跟了过来，出现在我面前，心里突然缓和了不少，只有相互沟通才能通过这个考验吧！雨一直下，而我们渐渐变晴朗。

直到太阳开始落下，雨逐渐变小，停下了。在机场停车场一头，出现了一道很清晰的彩虹，高高挂在半空，五彩的颜色在微暗的天空下特别耀眼。很难形容这电视剧般的剧情对我的内心是怎样的冲击，刚平复的心情转身就被这道彩虹点燃，想到接下来的路充满了未知、争执和不理解，都是晴日里的阵雨，而雨后的彩虹是彼此的信任，也是对之后漫长道路的信念。

居然哭了一下午，快去吃饭，我都饿了。

接下来的行程，我们暂时分开了，雯雯和七七组队去吴哥窟“打副本”了，我则自己在市区内逛。原因一是雯雯要我反思反思（这算温柔的刑求么？），原因二是这是我第二次来暹粒吴哥窟了，为了不剧透，这次我没跟去。

不过我还是很佩服她俩的，她们凌晨4:30就出发了，租了两辆自行车，悠哉悠哉就踩去看吴哥窟日出了。要知道暹粒到吴哥窟的距离本身就不近，加上吴哥窟里面本身就是一个庞大的皇宫之地，一天路程怎么也得20km+，这两条女汉子真是拼啊！不过，如果换作是一年前第一次来到暹

粒的我，也会这样的吧。

躺在床铺上，我数了数手指，时隔正好 19 个月，2013 年 5 月 1 日我人生第一次出国，就献给了柬埔寨暹粒。那次出游是和我的同事一起的四人小分队，上班时，我们是工作上的好伙伴，下班后，我们是一起去各种活动的好朋友。在实验室工作，除了忙碌，还是忙碌，为了得到之后调休的时间，每个周末我们四人都会主动申请加班，然后趁着两个项目交接的时间，连着五一放假一口气拿到了一周的假期，那时我们激动得都跳起来了！

我们在暹粒深度游了一周，为的是可以慢节奏的好好享受，除了一天洞里萨湖的行程，其余的时间我们都待在了暹粒。记得那时，我第一次看到太阳从吴哥窟寺庙塔顶升起时，一下就被震住了，久久不愿离开，然后剩下的几天，我还会为了看日出，天还没亮就爬起来，花 1 美元坐摩托车到吴哥就静静地等着，起床只看到一个空床铺的同伴，还以为我失踪了。但是最令我难忘的还是洞里萨湖上漂浮的村庄的故事。

洞里萨湖（Tonle Sap Lake）距离暹粒有 40km 左右，位于柬埔寨的心脏地带，是柬埔寨的“生命之湖”，也是东南亚最大的淡水湖泊。从西北到东南横穿柬埔寨，暹粒和金边两大城

市就在湖的两边。在洞里萨湖上，有一座漂浮的村庄 Floating Village，是由越南和柬埔寨的难民聚集而成。

我们很快就在湖边找到了一个年轻帅气的小哥做导游，确切地说，他是一个志愿者，为游客们讲解洞里萨湖，是不收费的。我们了解到，他才 18 岁，平常喜欢打篮球、跳舞，他很喜欢中国，他说如果有机会，希望能来广东看看，但是不宽裕的生活并不允许他这么做。他每月除了日常的开销，还要负担昂贵的英文课程，当然，这些数字对我们而言只是九牛一毛，而对于他来说，真的很难。

经过一片土黄的水路后，水质开始渐渐变得清晰通透，像一颗翠绿的玉石。漂浮的村庄也离我们越来越近，“小心鳄鱼”的牌子随处可见，有一些村民会划着一艘简陋的船而来，问你讨要一些钱。而有的只是很小的孩子，坐在一个铝盆里，这便是他的小船，当他靠近我们的船后，我们才发现盆子里有一条很大的蟒蛇，他会把蛇放在我们的身上，让我们把玩，或照相，也是为了讨要一些生活费。

“那不仅仅是一艘船，而是他们的家。这里的村民付不起地面昂贵的房租，只能定居在这里，他们一辈子的生活也许都离不开洞里萨湖。”志愿者小哥说。

在一片片破旧的草棚船中，一座“教堂”的船吸引了我们的注意。小哥说，那是世界卫生组织（WHO）为他们而建的，教堂收留了许多失去双亲的孤儿，里面有德国的传教士会给他们上课。当问及孤儿们的生活条件时，小哥说他们平时的生活起居都在这艘“孤儿院”的船上，每每见到游客他们都会很开心，希望和他们玩。

“我们身上恰好有一些文具，还有一些糖果、牛肉干之类的食物，他们也许会喜欢……”

“不，他们最需要的不是这些，他们需要的是能维持他们生存的最基本的东西，比如面粉、大米、小麦……这些东西一袋就可以让他们多活几个月，比起那些精致的食物，生存对于他们来说更重要。”小哥并不建议我们送出我们的爱心礼物。

我们便买了一袋面粉和一袋大米，登上了这艘“孤儿院”的船。一上船，孩子们就围了上来，他们很开心地笑着，扯着我们的衣服，让我们低下身子、然后爬到我们的身上、脖子上，摸着我们，还会轻

敲我们。有些调皮的小朋友，还会抢过我们的手机和背包，小哥说，别担心，他们甚至不知道这些是什么，怎么用，他们只是好奇而已。当我们用手机和他们自拍时，他们看到屏幕里的自己，一下竟然没认出来，然后换来的就是疯狂地要求我们拍照。

在我们要离开孤儿院时，孩子们还是抓着我们不放，要求我们抱一抱他们，而且不仅是一个孩子，是每一个孩子。也许对于他们而言，最奢侈的不是华丽的衣服、精致的食物，而是之于我们最平常不过的，一个拥抱。

“我替孩子们谢谢你们。”离开时，小哥很青涩地握了握我们的手，也许这也是他在课堂上学到的，对异乡游客最礼貌的感谢了吧。

“为什么你知道这些呢？”我们很好奇。

“因为我也是在那艘船上长大的。”小哥指着孤儿院笑着说。

下船时，我们每人拿出了 1 美元，作为小费给了志愿者小哥，这个数字差不多就是他一个月的生活费。小哥哽咽了好一阵，说，他做志愿者从没要求得到物质的回报，更别说见到这么“大”的数额，连忙向我们深深鞠了一个躬道谢，然后用他充满活力的招牌微笑说：

“我会好好学习，希望我们能再见面！”

只想来一碗热干面

“看，我拍的照片，怎么样？”雯雯从吴哥窑回来已经是日落，她给我翻看着今天的收获。吴哥窟的门票是有一/三/七日票之分的，雯雯买的是三日票，路线也是经典的大圈一天，小圈一天，剩下一天想休息也行，去周边的崩密列逛逛也可以。我觉得买七日票的人不是学建筑的就是礼佛的，要不怎么能看那么久都不腻。如果一个老外买了张通票看长城看了一周的时间，中国人一定觉得他疯了。

“是不是和摄影师就差一点了？”

“这个水平可以去拍证件照了。”

“切……”

/ 黑白吴哥

“晚上我带你和七七去一家很地道的柬埔寨餐厅，巨好吃！”我把话题拉了过来。

“真的么？！是哪儿？”

“去了就知道了！”

“有个暹粒的导游真好~”七七对雯雯说。其实我就是把之前的路线照搬了一下而已。

虽说柬埔寨不富裕，但是作为当地旅游大头的暹粒，发展真的很快，记得之前来的时候，绕着暹粒河的两边还是土路，土路边有零星几棵凤凰树，还有规模不同的寺庙，大都只建到了一半，寺庙里会有学校，因此寺庙里的学生比僧人多。如今土路变成了水泥路，学校设施配套也变好了，寺庙完工了，街边的凤凰树也多了，五月的暹粒，凤凰树盛开，红装素裹。虽然是换了新装，但我还是找到了那家记忆中的高棉餐厅，在Pub street的一条巷子里，店不大，主色调是和凤凰花一样的红色，店牌写着偌大的几个英文字“AMOK”，这个名字也就是他们家最出名的菜了，是最受欢迎的传统高棉美食之一。Amok在英文里有“狂乱”的意思，我觉得也相当符合这道菜，就是将鱼、鸡肉、牛肉等材料裹在香蕉叶中烘烤，再加入椰汁、椰浆、柠檬叶及当地蔬菜和各种香料，最后盛在椰子壳中，很狂乱有没有？！一般有鱼肉Amok，鸡肉Amok，牛肉Amok几种，这次为了犒劳两位奔波了一天的女侠，我一口气点了一个混合Amok大拼盘。

“来，干杯！你们辛苦了~”（其实喝的是可乐）。

“好吃是好吃，可是实在太多了，吃不完啊！”雯雯看着桌面上这一大盆蕉叶，很是惆怅，“太浪费啦，21刀是我们好多天的盘缠了呢……”

“哎呀，整天都是路边摊解决，要调剂一下，尝尝特色嘛！”这次

Amok在英文里有狂乱的意思，我觉得也相当符合这道菜，就是将鱼、鸡肉、牛肉等材料裹在香蕉叶中烘烤，再加入椰汁、椰浆、柠檬叶及当地蔬菜和各种香料，最后盛在椰子壳中。

吃感觉没头一次那么好吃了，不知道是不是少了第一次来的那股兴奋劲儿的原因，“一路吃了这吃了那，感觉川菜比它们好吃多了……”

“那是！”七七一脸骄傲，成都话飙了出来“好想吃油泼辣子、火锅、串串喔！”

“我只想起一碗热干面~”雯雯的武汉话飙了出来。

暹粒 TIPS：

1. 签证：在网上办理的电子签证，30 美元加 7 美元服务费，刷 VISA 卡收 3 美元手续费，一共 40 美元，填好表后大约 2 天就会收到电子签证的邮件，打印两份随身带就可以了。当时“去哪儿”出了 1 元秒杀活动，男朋友秒到一个 1 元的柬埔寨签证，把护照及照片寄给代理单位，网上支付了 1 元，8 个工作日后，对方寄回。也可落地签。

2. 如果你是晚上到暹粒车站的，有摩的或者突突车强行载你千万不要上，我们后来认识的小伙伴上了所谓“带你去城中心，价格便宜”的车以后，被拉到不知名的巷子，要加钱才让他们走。

3. 吴哥窟有大圈、小圈、外圈，建议买三天的票，一天逛不完。

4. 小吴哥每个月有 4 天是佛教活动的日子，不能上塔。

5. 摩的和出租车都尽量还价，一般在暹粒城内不管去哪儿坐摩的 1 美元一个人。

6. 一般只有机场接受电子签证，很多陆路口岸都不接受电子签。

Corona
Extra
Brewed and bottled by
MEXICO, D.F.

Eclipse Sky Bar

说也奇怪，天气晴朗的暹粒突然就变了雨天，七七执念于没有拍到吴哥的日落，决定多留暹粒两天拍照，我和雯雯先行一步出发去往首都金边，作为“先头部队”，打探一下。由于最近在暹粒河边发生了武装冲突，听一位德国驻柬埔寨办事的德国老人说，河边传出枪响，然后多出了十几辆空的摩托车，少了十几名年轻人，加上还有几起游客被路边的突突车绕进小巷子里强行要价的事发生，我们离开前特意嘱咐七七，要注意安全啊，保持联系，尽早来金边和我们碰头。

抵达金边，下车一洗脸，又是一脸的土，真不敢恭维柬埔寨的土路（要致富先修路啊，亲！）。突然传来七七的微信，她在暹粒遇到一个老乡，也要来金边，说顺道开车载她过来。我们说，还是要注意安全啊，不知道是好人坏人。七七最后回复的一条信息是“如果天黑前我还没和你们联系，记得帮我报警啊，我上车了没 WIFI 了，金边见。”

记得在一片集市里，各类衣服工艺品跳楼大甩卖，隔两步就是一家煎炸小吃摊子，最神奇的是集市深处有个舞台，上边有摇滚乐队的路演，德国乐队 + 柬埔寨主唱，歌还蛮好听的。围绕着舞台四周铺着遍地的席子，原来可以坐在上面一边吃吃喝喝，一边看演出，这难道是金边的草莓音乐节么？

天色渐暗，想到三人小队现在依旧差一人，本来说夜晚就到的七七毫无音讯，这可把我们急坏了！一直到晚上八九点时，在我们不停的微信轰炸中，终于回复声响起，“我到啦，找 WIFI 花了半天，老乡说邀请我们一起喝一杯，一起过来呗！”我们这才安下心来。

见到七七的老乡第一感觉是特别憨厚，带着一副眼镜，要不是有一些头发，他和“叫兽易小星”简直是一个模子里刻出来的。一路上，七七老乡相当健谈，而且风趣幽默，无尽的吹牛中时常让人觉得“哎，其实还蛮有道理的嘛！”，姑且称他为“教授”吧！

“你们看金边的这些手工艺品市场，原先是日本人和韩国人的天下，结果中国义乌的商人过来后，半年时间就让日本人和韩国人彻底滚蛋了。”教授一边开车一边和我们说着这些金边的野史，不一会儿就把我们带到了金边最高的建筑 Phnom Penh Tower 金边塔，最高层的 23 层有一个 Eclipse Sky Bar，可以露天吹风坐着喝喝东西，俯瞰金边的夜景，毕竟金边没什么高层建筑。

“金边好歹也是首都，但是比起我们的北京差远了。”教授点了一杯果汁，给我们每人点了一瓶科罗娜。教授是做雷达的，虽然成家了，但自己常年在东南亚国家工作，留下老婆和儿子在家里。他说他很羡慕我们，长时间的旅行，在旅途上结识小伙伴，然后组成队再一起接着旅行，这一切都是他想做但没做到的。

“你们别看金边今天的这个样子，柬埔寨经历过一场浩劫，在红色高棉期间，赤柬疯狂杀戮，金边的人口一度还不到 200 万，整个柬埔寨人口不到 700 万人。直到 10 年前，人口也没恢复，从这儿望下去，根本看不到几辆汽车。”教授接着说，“你们明天可以去杀人场看看，里面有更详细的历史。”

猩红收割者

早上在金边大皇宫集合后，我们商量着一起去看看教授口中的“劫难之地”杀人场，在突突车司机一通杀价后，最后定下15刀3个人，包一辆车。去的路上会经过S-21监狱，S-21里面还存放有许多当年折磨犯人的刑具，有渣滓洞的感觉，S-21的犯人会被送往杀人场屠杀，因此整个路线走下来，并不是那么的愉悦，就如司机和我们说的“这对我们国家来说是一场巨大的灾难！”

1975年，波尔布特领导的红色高棉攻陷金边夺得政权，波尔布特执政时期，认为城市是资本主义的丑恶象征，它会腐化干部和群众。要建设理想社会，就必须消灭城市，接着红色政权取消了货币和市场，实行按需分配和全民供给制。男女老少集体劳动，在公共食堂集体就餐；禁止私人拥有财产，取消家庭，甚至婚姻也由组织安排，婚后夫妇要分开居住；禁止人们从事宗教活动，勒令僧侣还俗；视知识为罪恶，不设正规学校，禁用书籍和印刷品；人们不能自由流动，全国没有邮政电信，也没有医院等。此后三年间，红色高棉便开始了疯狂的屠杀，焚书坑儒，柬埔寨失去了近三分之一的人口，金边附近的这片杀人场，就埋葬了近万人，而这仅仅只是众多杀戮场地的其中一个，就如奥斯维辛集中营只是集中营里的一个代表而已。直到 1988 年，柬埔寨政府在此修建了一座佛塔，用来安放从坟冢里挖掘出来的头骨，借以追思纪念无辜的亡魂。

杀人场纪念馆里有一个故事我记忆很深，讲述者是一位当年有幸逃出赤柬魔爪的受难者，那时他还是一个 10 岁大的小男孩，在得知金边被波尔布特的军队占领后，他的家人们以为战争结束了，不料这只是悲剧的开始，他的家人陆续因为“违反禁令”被抓进了监狱，不久后他由于偷了一个面包给很久没吃上东西的姐姐果腹，也被关进了监狱。在监狱里，每个犯人每天都必须写下自己犯了什么罪，没有犯罪的也必须“编”出罪行扣在自己身上，然后受到惩罚和折磨，那些实在“编”不出来的人，就会被集中拖去几公里外的地方，然后再也没有音讯了，原来就是在杀人场里被屠杀了。突然有一天，高棉政府下令要“清理”干净监狱的犯人，小男孩和其他犯人一起被带到了这片埋骨地，有良知的狱友们觉得这对一个小孩太不公平，决心保护他，在集体枪杀的时候，狱友们就用身体替男孩挡住了子弹。男孩从尸体堆中醒来，浑身是血，他回忆说到“周围躺着监狱里的哥哥姐姐，上卡车前他们还和他有说有笑，现在却一动不动，支离破碎。”这一幕让他永生难忘，走投无路的他逃向了邻国，在泰国政府的帮助下，他被一对美国夫妇收养，之后去了美国生活。在长大成人后，他始终忘不这场灾难，于是他回到了他的故乡，并在杀人场旁边参与修建了博物馆，用以纪念这这场杀戮中死去的数百万无辜的生命。

我希望，世界的每个角落都应该是爱好和平的，无论在哪儿，战争和屠杀都是不被允许的。就在坟冢的边上，我看到许多槟榔树，每棵树上都放置有网，在果实和枝干上也挂有塑胶瓶，看来这些果实和浆水是有人来定时取走的。可是槟榔树底下却是万人坟冢，都是无辜的血肉之躯，不知收割下来的这些果实和浆水，是什么滋味？

海钓石斑鱼的奇妙旅程

在我们印象里，这个国家就只有三座城市：金边、暹粒和西哈努克（西港）。直到我们到达西港后，才知道在西南方的泰国湾上，还有一座叫做Koh Rong高龙的小岛，坐普通的游船2小时，快艇45分钟就可以到达。

高龙岛的北部有瀑布，中部有猴子，但我要说是的南部，码头在南部的东侧海岸。而出了码头就是餐饮住宿的聚集地，这些店铺几乎都是

外国人在经营，鲜有本地人，据说高龙岛是柬埔寨给中国抵债的土地，突然有种遍地都是祖国疆土的自豪感（这片海滩已经被我们祖国承包了哟！）。我们住的是半山腰上原始的高脚树屋，而七七则住在海滩边的 dorm room 旅馆的宿舍间。这座岛只有一个特点，就是原始！每天中午 11 点到 1 点，晚上 12 点到第二天早上 8 点，是不供电的，而且全年没有热水，只能洗冷水澡。我们发现白天的树屋是相当惬意的，整片海滩和海平面都尽收眼底，可是一到夜里就不那么可爱了，整个树屋里全是虫子，我们甚至发现在屋顶横梁上，有老鼠般大小的壁虎，真的是老鼠那么大！而且还不止一只！

次日早上在海滩边碰头后，我们以 8 美元 / 人的价格上了一艘渔船，渔船会带我们绕岛一圈，整个行程持续一整天，食物来源就是我们在海里钓的海鱼，船上烤着吃，我心想“这太酷了”！上船后发现我们并不是唯一的船员，除了 2 个柬埔寨当地的船夫外，3 个荷兰帅哥，3 个互不相识的欧洲女孩，还有就是我们 3 张中国面孔。原本我们还担心今天的天气，因为风大浪大，上船后才发现渔船原来有柴油发动机，开船后真可谓是乘风破浪，稍微有点颠簸，但是丝毫不影响大

太阳，好~心~情~

很快就离开了岛屿来到深海区域，整个小岛尽收眼底，我们开始了第一次的浮潜。大家迫不及待地戴上泳镜和气管，“咿哈”一声就扎海里了。这时我看到还有一个身影在船边迟迟没有下水，原来七七不敢下水！我过去想恶作剧假装拉她下水，立马换来一声惨叫，差点没吓死我……其他船上的小伙伴们都笑开了花，其中一个荷兰帅哥游了过来，主动做起了浮潜教练，手把手带着七七游出来。

“啊啊啊！我不是不会游泳，只是水太深啦！帮我！”七七一下水就像抽筋了的海豚，一开始还游得挺好，帅哥教练一放手就慌乱的拼命打水。

“哎哟~帅哥教练喔！心花怒放有没有，好好学！”我和雯雯一边嬉水一边起哄。

看着海底的鱼群在我们身边穿梭，让我想起了我们在巴厘岛的第一次下水就是“深海漫步”，就是穿着潜水服，戴个通氧气的潜水头罩，降到最深处，抓着铁杆在海底行走。那时的雯雯胆子大极了，抓着潜水的铁质大头盔一戴，我还没反应过来，她就跳下海里了。跟着潜到深海海底，大概下潜了约20m，我的耳膜感觉都要被压炸了，浑身不自在，僵在原地，这时雯雯突然跳到我面前，用手敲了敲我的头盔，然后转身径直向前轻盈地跳开了，简直就是一只海兔子啊！那是我们第一次摸到海底的珊瑚，看到五颜六色的海鱼，还用面包片给它们喂食，伸手就可以摸到它们。浮出水面后我就问雯雯，你会潜水？她来了句，不会啊，头一次。

自由浮潜结束后，大家陆续回到船上，七七也欢腾地回到了船上，一脸幸福满足，不知道是教练教得好呢，还是教练魅力太大呢？接着大家就要为晚餐食材做准备了，话说船夫把我们海钓的工具拿出来时，我和我的小伙伴们都惊呆了，根本没有渔竿！就是一捆鱼线，一头是铁块和钩子，一头是收线的线圈。

“这就是我们的工具？”我诧异地问雯雯，就在我问完这个问题后，船夫双手把鱼线拉起来，上面就挂了两条鱼！转眼就两条啊，亲！这回我信了！

船夫的英文不是很好，简单和我们比划了一下，就算是教学了（有点像人猿泰山），接着我们就要自己上场了！只用手和一根渔线钓鱼的

难点在于，不知道线要放多深，海钓的位置比浮潜的位置要深多了，一整捆线全放下去都碰不到底，而且用手很难感觉到鱼上钩后的异动。头半小时，我们全船人一无所获，只能眼睁睁地看着船夫一条接着一条地钓起，不一会儿就钓了半桶鱼！不甘心，我可不想一条鱼都钓不上啊，这可是我们的晚餐呢，自己动手丰衣足食啊！

“我好像找到感觉了！”七七拉起鱼钩，上面的墨鱼鱼饵被咬了一大口，看来她找到了鱼群的深度，“线要放到大概这么长。”她用手掐着渔线，对我们说。

果然在不久后，七七就钓上了我们这条船的第一条“处女鱼”，天赋异禀啊钓鱼少女！接着全船人陆续开始有收获了，我仔细看了看这些钓上来大小不一的鱼，头、体、鳍都是棕褐色并带有黑斑，体长侧扁，下颌长于上颌，难道它是……加上发达的背鳍和臀鳍棘发达，肯定石斑没跑啦，鲈形目鮨科石斑鱼属；偶尔还会钓上一些金黄色的小鱼，鳞片细小，尾鳍截形呈灰褐色，嗯，这是小黄鱼，鲈形目石首鱼科黄鱼属。这可难不倒学生物的我，想当年鱼类学的实验课上我可是苦苦背了好久～今天终于派上用场啦（如果错了一定很丢人……）！回归正题，全船人包括雯雯都钓上了海鱼，只有我！所有的鱼饵都被吃光了，就是没钓上一条，海洋生物专业照样钓不上鱼啊！

钓鱼结束后，下午到达西海岸，原来这一侧的海岸真的是一片净土，丝毫没被开发，白色的海滩上，有一群肤色不同的人在打沙滩排球。我们的船放下锚驻停在浅滩，船夫拿出烤炉开始生火，给烤鱼翻面的间隙时不时偷吃两口，然后抬头朝我们竖大拇指，这场景象极了李奥纳多的《海滩》。

太阳完全下山后，我们开始返航，这让我们感到有些慌张，事实上，天色黑的真的很快，不一会儿就伸手不见五指了，注意我说的真的是伸

手不见五指的程度！船上没有灯，我们只能打开手机的电筒照明，随着发动机的声音变小，船停在了深海中。船夫不断喊着“plankton”，并示意我们在这里下潜，整船人面面相觑，意思大概是“没搞错吧，夜泳？”“哪有浮游生物？”

我把手放在水里，到了夜里，无论天气还是海水都挺冷的，用手打了打水，奇妙的一幕出现了，绿色和黄色的荧光点出现在了我手边，我大声叫到，有荧光的浮游生物！我把披在身上的毛巾一掀，长吸一口气，直接就扎水里了，我一直往黑暗的海里潜，然后通过潜水镜，看到我的身上还有四周聚集了一大片荧光，就像海底荧光虫，只要水里有波动它们就会闪光。我招呼船上的其他伙伴一同下水，与此同时我依旧深吸了一口气潜到了水里，当大家跳下水时，就像海面向海底放起了焰火！四周是寂静无声的，我的脚底突然“咻”地蹿过一条荧光的大鱼，然后在黑暗中消失不见，我像南方的孩子第一次看见雪一样，潜在海底不愿浮出。

“吴哲！你在哪儿！？”我浮出水面，憋红了脸，听见雯雯呼叫我。

“来，我带你看烟花！”我游到雯雯身边拍了拍她的肩。

“你跑哪儿去了，吓死我了！”雯雯一把抱着我。

“抓好了！”说完我抱着她一下钻了下去，我示意（雯雯，看着我）然后全身在水里打转，不停地搅动着周围的海水，不一会儿就变成了一片发光的区域，我能模糊地听到雯雯“哇！”的叫声，心里那叫一个开心。

荧光浮游生物的出现，使得本来枯燥冰凉的回程路线一下变得温暖有趣了，大家都在用自己的语言说说笑笑，船上的大音响突然响起，也放起了很符合气氛的欧美舞曲，我们一起把冰桶里的啤酒“Combodia beer”全打开了，在海风和海浪中干了这一杯！

相聚有时，下一站是哪里?

高龙岛的生活很简单也很惬意，早晨被海浪的声音叫醒，在绳子编成的吊床上一躺，写写画画，一天就过去了，太阳下山后海滩边的酒吧就开始热闹起来，轮流用着一把很破旧的吉他，就在台上开始玩了起来。

“七七，你接下来的行程是哪儿？”

“我还不打算走呢，我接下来要去斯里兰卡，你们呢？”

“我们也没考虑清楚，但是我们不打算在高龙岛上逗留了……”

“那……是准备要说再见了么？突然好伤感啊！”

一天中午，很突然，我们就要和七七分道扬镳了，看着眼前的小伙伴七七，陪伴着我们从老挝一直到柬埔寨，这半个月我们三人组无论在哪儿都赖在一起，而现在到了告别的时间，简单的几句祝福，加上两个大大的拥抱，就是我们最后的告别礼了。相聚有时，后会有期，期待回国的那天，我们能再次坐在一起，一起回忆我们的旅途故事！

小伙伴七七离开了队伍。

走到柬埔寨为止，在国内办好的所有签证上都盖上了“入境”“出境”的章，看着满是签证的护照，我心里还是很开心的，因为我的愿望就是贴满整本护照，然后换一本新的，再贴满，再换……

“下一站去哪儿？回家还是继续？”雯雯问。

从柬埔寨回国的机票价格不贵也不便宜，就这么回去总觉得有些遗憾，仔细想想，东南亚其实还有许多神秘的国度我们没有踏入，缅甸蒲甘，菲律宾长滩岛，但是今年这两个国家和我国的外交关系很紧张，缅甸果敢军队在缅北很不安分，中国外交部在官网上发出了菲律宾旅游的红色警告，暂时取消一切菲律宾的旅游团；而印度、尼泊尔、孟加拉的路线可以计划在下一段旅行。这么一来，就剩下越南了，越南和柬埔寨相连，更重要的是和我的家乡广西相连，这么一来我们可以陆路方式回到南宁！

“越南和我们也有领土争端问题呀，我听说有个中国游客去越南旅游，结果被越南人绑架了，勒索了赎金，毒打了一通才放了人……”我心里还是有些担心，“人家去越南都是小心翼翼绕开危险走，我们这一路从南到北跨越整个国家，是怕没人绑我们，挨个城市找绑么！？”

“其实这段路程的预算和回程机票价格差不了多少，还可以一路北上途径越南的沿海好看的海滨城市。”雯雯劝说，“咱们不露富，低调进越南，每个城市不逗留太久，怎样？”

“根本不富，哪有什么资本可露？好，我们就从西贡入境！”

“哈哈哈，早就改名啦，叫胡志明市，文盲～”

于是我们尝试着在第三国家办理越南签证，和国内办签证是差不多的。我在网上看到一个游客在柬埔寨办理越南签证被拒签的帖子，大致是因为贪图便宜选择了路边旅行社代办，各种不靠谱啊，越南驻柬埔寨的大使馆有两个，一个在金边，而另一个就在西港，因此我们还是选择了自己去大使馆办理。

西港的越南驻柬大使馆不算很大，尤其是办理 Visa 的房间就是一个

小办公室，签证官有一个和颜悦色的姑娘、两个面带杀气的男人，应该是小领导吧……我们刚进办公室的时候，就有一个中年的欧洲人因为迟迟没得到签证，和脸上杀气腾腾的小领导议论了很久，等我们填好了表格，他们也没得出个结论。于是我们心里是有些忐忑的，生怕发生一样的事，被卡着不能出境的感觉肯定很不爽，签证费是每人 60 美元，相比起前几年只需要 20 美元，这胃口真是越来越大了！不过庆幸的是，我们隔天上午就取得越南签证，出奇的顺利，谢天谢地。

西哈努克 & 高龙岛 tips：

西哈努克港：

1 . 有越南大使馆可以办签证，工作日当天办理第二天可以拿到，60 美元。

2. 有车直接去越南的富国岛或者胡志明市。

高龙岛：

1. 岛上没有热水。

2. 岛上每天中午 11 点半到下午 1 点半，晚上 12 点到次日 8 点没有供电。

观光镜の
前

第六章

南越美味

这里没有胡志明

对于有“亚洲珍珠”之称的越南，我并不陌生，小时候家里经常会带我到广西的东兴还有大新的德天瀑布玩，那时只记得东兴有超大的芒果“金煌芒”，德天瀑布也是只顾着玩水了。但其实这两个地方都是中越的边界了，那时越南的印象只停留在会来我们这儿卖东西，卖的东西还很便宜，比如香水、椰子糖等。因此，除去小时候的记忆，这次旅程才算是真正地踏入这个国度。而我对越南的第一印象重新刷新，尤其在拥堵的范五老街上，穿梭而过的摩托车，街边凌乱的电线纵横，不愧是“摩托车背上的城市”。

胡志明市原名西贡，是越南最大的城市，也是经济中心。位于越南

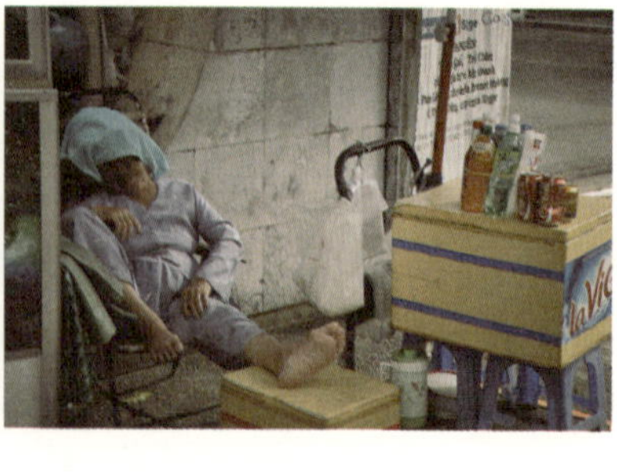

南部的湄公河三角洲，原来是高棉人的一个小渔村，和广州的发展一样，很快就变成富饶之地，在胡志明市随处都可以看到 "S à iG ò n" 的字样，许多当地居民还是延续着“西贡”的叫法，1975 年之后越共为纪念越南共产党的主要创立者胡志明，才将西贡改名为胡志明市。但是，胡志明的故乡并不在胡志明市，晚年的他逝世于河内，水晶棺也保存在了河内。

穿梭在越南的街道上时，我们并不敢放松警惕，因为来之前就听说这儿的“飞车党”十分猖狂，抢包的事屡见不鲜。于是我和雯雯发明了一种“交叉锁包”手势：互相挽着彼此的手腕，并且把背包带锁在对方的手里，双层防护霸气侧漏。每当有摩托靠近我们时，我就会对雯雯喊着“注意，危险等级提升至 9 级！”，等到摩托车离开“危险等级下降至 2 级，安全！”

引起我们注意的是，在胡志明市中心公园一条不起眼的街上，围墙里陈列着许多战争武器，这里就是越战纪念馆，门票不到 8 元人民币。当天还有许多越南军队的士兵大步踏入馆里参观，人数将近有一个连吧，估计这里是他们爱国教育的基地了。越战是二战以后美国参战人数最多

的战争，最后以美国的失败告终，但是美国战后给越南留下的创伤却是极大的。为打击隐蔽在丛林里的越共部队，美军大规模使用了化学武器“落叶剂”喷洒破坏丛林，约有 400 万越南人受到化学污染的危害，这些化学药剂直到现在都难以完全分解，一组组枯木以及人畜受害的图片令人触目惊心，许多越南人的后代仍没摆脱污染带来的影响，新生儿便带有严重的畸形和多种后遗症。“醉卧沙场君莫笑，古来征战几人回”战争的结果只能是给人民带来无尽的伤痛和回忆，不仅柬埔寨的红色高棉，在这儿发生的越南战争也一样。

在离开酒店退房的时候，前台的一个越南姑娘趁我们等车的时候，用不熟练的中文夹杂着英文，开始向我们讨教学中文的问题，很热情，也很专心。

“我分不清‘一点’的用法”，越南姑娘指着课本上的例句“早一点起床”问我，“是不是早上一点就要起床的意思，可为什么一点会是早上呢？”这一下把我问得哭笑不得，可是，更神奇的是，我不知怎么冒出来了一句：“不妨把例句变为‘早一点儿起床’理解，加了‘儿’字之后更地道，这么说中文'逼格'就更高！”

结果我不但没解释清楚“一点”，反倒还得去解释什么是“儿话音”，结果半小时都没解释清楚啊！

“5z，我真佩服你，你完美诠释了什么叫‘no zuo no die’。”雯雯在一边偷笑，“你做中文老师，全世界的学生都得跪……哈哈哈！”

我们在越南的路线是在新咖啡“Sin Cafe”订制的，这个名字乍一听像咖啡厅，实际上是一家一条龙的旅行社，服务各方面都很周到，从自己家的旅游巴士到住宿旅店，最重要的是他们家的联程车票随时可以更改时间，只要提前一天和他们联系就好，这被称为“Open Bus”。

我们的路线是胡志明市——美奈——大叻——芽庄——会安——顺

化——河内，每个地方逗留两到三天时间不等，联程车票的价格大约是250块人民币/人。我们心中掐指一算，越南这站至少逗留半个月了，由于我们是12月1日通过的越南边境，这么一来应该可以赶上新年回到家里，我们还是想和家里人一起跨年的。其次还有另外一个原因就是现金也已经快用尽了，提前订好所有的行程有利于我们做预算，算上每天的住宿+日常开销，现金正好差不多，回国倒计时正式开始！

美奈一站我们已经慕名已久，这个只有10km的海岸城市，是不少冲浪客们的圣地，也是红白两色沙漠和大海的交界地。美奈整条海岸线好像都被打上了俄罗斯的烙印，基本满地都是“老毛子”开的店，超市、保健品店、泳衣店……我们抱着好好享受一晚的态度，在海边的大排档点了一整桌的生猛海鲜，包括1只长得很像澳龙的越南大龙虾，5只生蚝，还有1大盘扇贝，一整桌只要20美元哦！

好了重头戏来了，第二天天还没亮我们就开着加满油的小摩托车出发了，早上4：30起床，开车时眼睛都睁不开，就为了去白沙丘看日出啊！红沙丘还不算远，只有8km，而白沙丘则有近20km，关键的是一路上都没有路灯，只能靠着摩托车的大灯摸黑赶路。整条公路只有我们一辆车，一边是海，一边是山和沙丘不断地交替，海浪声夹着风呼啸的声音，在山的

石壁上回荡，立马带上了诡异的气息。路程还有一半时，公路拐进了山里，一侧的海消失了，路面也开始变得颠簸，周围一片漆黑，还是没有要日出的征兆，不知该期待还是难过。

车灯照着的土路突然变成了草地，路边陆续出现了一些奇怪的石头，我心想，是不是走错方向了，不是应该过渡到沙漠么？于是我把大灯切换到了远光，石头都很规整呢，上面还有字，一下就懵了啊！这是一片墓地啊！手上的汗毛全竖起来了，全是鸡皮疙瘩啊！

“雯雯，我们好像开到了墓地……”我小声和雯雯说。

“啊？啊！”雯雯拽着我的衣角，“你看天上有朵云好奇怪的云一直跟着我们！是什么啊？我们快走吧！！”

“哎呀，不要自己吓自己……”我瞥了一眼，那不是云，倒像是一片光。

“不会是鬼火吧！？”

“不可能啦！你看，上面有些景象，应该是海市蜃楼，沙漠上的空气容易让光线发生偏折，就倒映在天上了！”

“5z！它不见了！”

消失了，奇怪的云朵刚刚还在，现在突然就消失了！仔细一想，不对啊，如果是海市蜃楼，应该是浮现在天空，而不是像这样一直跟着我们走的啊，这说明它离我们很近，也并不是什么海市蜃楼……呵呵呵……不能再想下去了，细思极恐啊！

“我们赶紧离开这里吧！”

右手一紧，把油门扭到底，也不知道是什么时候冲出的那片不祥之地，路上的土逐渐变成了沙子，天空也开始露出光芒，沙漠断断续续地出现在我们眼前，日出过程中的沙丘是金黄色的，直到太阳完全升起后，沙丘才变成白茫茫，这回我们看到了红白黄三个颜色的沙丘。白沙丘是一片很大的区域，有一片很大的湖，还有一个很小的村落，我们在小村

落里吃了碗粉，是村民为我们做的，里面的辣椒把我们给辣哭了。看着这片沙漠，感觉又回到了我们俩第一次见面的敦煌，很难想象眼前的这个女孩已经陪着我走了这么长的路，一起看了多少次日出。

“好像回到了敦煌～”

“风景差不多，可是心情不一样了。”

“怎么说？”

“可以和你一起分享的风景，才好看。”

“谢谢你一直陪着我。”

“还要继续加油哦，还有很多地方要去呢～”

从小村庄返回的路上，我们才发现，这一片地区的居民都喜欢把墓地葬在路边的山上，而那片墓园只是较为集中的一片区域，在阳光的照耀下，这片不祥之地似乎没有那么吓人了，只是那片奇怪的云朵至今还是一个谜团。

一次失礼

如果说越南海港最出名的是美奈和芽庄，那么大叻和会安则是越南的两个风格迥异的亮点城市。大叻是欧式风情小镇，会安是中式华侨古镇，这两个差异化的城市同在一个国度，不失为一大看点，同时也见证了越南的一段历史。

来到大叻的第一大问题就是，“叻”字究竟怎么发音？！这点我们至今没有达成一致，因为英文、越语、中文发音都有差别，就好比刚学多音字一样，伤透了每个小学生的心。第二大问题是温度，来到大叻经过了蜿蜒曲折的山路，海拔一下子提高了不止一个级别，大叻是我们在越南唯一穿上羽绒服还觉得有凉意的小镇。

大叻是围绕着中心湖“春香湖”盘山而建的城市，因此这里有许多有坡度的公路，记得在我开车去往“竹林禅院”的路上，我就遇到了一个近60度的高坡，地图上显示就从这儿走，雯雯跳下了车，我拧足了油门，相当吃力的才爬上坡来，我们后来称那个坡叫“苏东坡”。正由于地势错落有致，使得这座城市显得立体起来，加上城中的天主堂，典型法式的旧火车站……把小镇勾画得更具欧洲花园的气息。

提到大叻的建筑，就一定得提到光怪陆离的“Crazy House 疯屋子”。在这个不按常理出牌的屋子里，你可以站在树梢上俯瞰整个小镇，

在长颈鹿的肚子里躺着睡一晚，或者在一张巨大的蜘蛛网里找路。疯屋子的设计师便是越南前总统的女儿 Nga，在国外念完建筑学博士后，她回国修建了这栋童话世界一般的酒店，大约 300 元人民币一晚，可以体验做一回森林童话故事的主人公，还是很值得的哟！此外这里夜市的食物也是很推荐的哦，尤其是“特色越南火锅”。锅内四周放满了各种肉和配菜，最后全部涮进中间的热汤中，火锅后再来一碗豆浆配油炸面食，简直爽翻！

傍晚我们来到大叻的天主教堂，教堂前矗立着一尊耶稣怀抱绵羊的洁白塑像，耶稣负责神圣的同时还不忘卖萌呢～由于圣诞将至，教堂门口已经装饰上了许多圣诞树枝和彩灯，恰好晚上 17 点有一场弥撒，也就是礼拜。

“5z，不是教徒可以参加礼拜么？”

“可以的，要不我们怎么能进庙里烧香拜佛。”

“可是一会儿他们念唱圣经怎么办？”

“教堂弥撒三要点：低头、闭眼、对口型，记得心诚则灵就对了！”

“人生第一次进教堂就献给你了，一点准备都没有！”

“这次只是弥撒，下次就是……嘿嘿嘿”。

17 点一到，弥撒就准时开始了，偌大的教堂里人山人海，一个小镇竟有这么多信天主的人，真的是很！虔！诚！其中还有一对异国夫妻，妻子是越南本地面孔，丈夫却是黄头发大胡子的外国面孔。当我望过去和他四目相交时，他皱着眉头，眼神很犀利，我不得不回避他的颜色，低头继续“念诵”圣经。身边的雯雯却饶有兴致，由于好奇，她不停用手机在拍照、录像，而我的余光能感觉到，大胡子一直望向我们这边。弥撒一直持续到天色变黑，在分发圣水和圣饼的环节时，更奇怪的事发生了，大胡子从凳子上站起来，拦住了我们，似乎是不让我们领取圣食，礼拜没结束，我们却只能灰溜溜的提前离开了。

今晚弥撒的事我一直在想，是不是我们做错了？记得之前去夏河的拉卜楞寺，里面会有铁棍僧驻守在诵经大堂，若有任何僧人或游客犯戒，他便会满脸厉色，接着“咚”一声用铁棍猛敲地面，响彻大堂，象征着寺庙戒律的庄严。如此一想，大胡子应该就是天主教堂里的那位“铁棍僧”

吧！

无巧不成书，第二天去往旧火车站的途中，我们竟然遇到了教堂里的那对大胡子夫妻！大胡子停下了脚步，打量了我们一会儿，然后很礼貌地和我们打了个招呼，然后问我：

“你们是天主教徒么？因为昨天我在教堂见到了你们。”

“并不是的，我们是游客……”雯雯抓紧了我的手，半个身子躲在我身后。

“噢，原来是这样，我想错了！”大胡子接着说道：“我看到你们在弥撒时不停地用手机拍照，有时还在小声说话，那时我想提醒你们，对于教徒而言，这是不礼貌的行为。”

怪不得大胡子的眼神这么严厉，原来他真的就是“铁棍僧”，在一旁的雯雯似乎明白了，连忙解释到：

“我没看过礼拜，所以很好奇，想记录下来，我不是有意冒犯的。”

“那不怪你们，别放在心上。”

“无论如何，这是我们的不对，实在是抱歉！不会有下次，我们会牢记的。”

“祝你们旅行愉快！”大胡子第一次露出了很可爱的微笑。

大胡子的一句话，让我们一下觉得很失礼，也很羞愧。因为在旅途上，我们一路上在吐槽别人的不文明行为，却忘记了规范自己，而别人在你眼里，同时你也在别人的眼里。想起一路上帮助过我们的人，总让我们觉得很温暖，许多人却只是一面之缘，来不及回报他们就分离了，也许最好的回报方法就是，把旅途中的正能量延续、传播下去。

泥鳅

“你戴好帽子，地面滑，小心开车……”

“这个天气潜水也看不到什么，对岸的珍珠岛估计也去不了了。”

老天很不照顾我们，刚抵达芽庄就开始狂风大作，下起雨来，对于这个潜水胜地，这不是一个好消息。雨中模糊了天空的颜色，在芽庄海滩眺望对面，可以看到有一座岛，Hon Tre 岛。渡海缆车摇摇欲坠的在大风中晃动，即使在能见度这么低的天气，也可以看到半山腰上立着几个大字“Vinpearl”，那是有越南迪士尼之称的珍珠岛乐园。

于是，也就剩下婆那加占婆塔和水族馆可以去看看了，婆那加占婆塔是一座柬式的庙宇，不是特别大，一会儿就看完了；倒是海洋馆还是挺有趣的，因为又可以仗着自己的大学专业给雯雯做讲解，虎斑鲨、海龟、光魟、红树林、浮游生物……种类还是很齐全的。记得在一个馆里，我们看到一只鲀类的标本，这种鱼长得很像一只桶……没什么三围可言，我们就为是翻车鲀还是江鲀，争执了一下午。

一路上车水马龙，交通很拥挤，在一个施工地段，摩托车前轮陷到了坑里，加上地面湿滑，压不住车头，一个踉跄，车在地上打了两个转，我在路中间摔了个狗吃屎。从地上爬起来，发现一个车轮就在我头旁边！不能在国外丢脸！我一撑地，立马站起来，动作相当连贯，然后把雯雯和车扶了起来。

“有没有受伤？地面太滑了。”

“我没事，你还 ok 么？”我虽没受伤，雯雯倒是看出我受到了惊吓。

“别怕，都安然无恙就好，滑了一跤而已嘛～”雯雯安慰我，“明早咱们去泡个泥浆浴，给你舒缓一下！”

“好，话说……我是水逆了吧？”

虽然感觉芽庄不是很欢迎我……但是嘛，这儿的泥浆浴却得好好推荐一下。它和我们的温泉酒店差不多，泥浆浴场里分为好多个池子，你

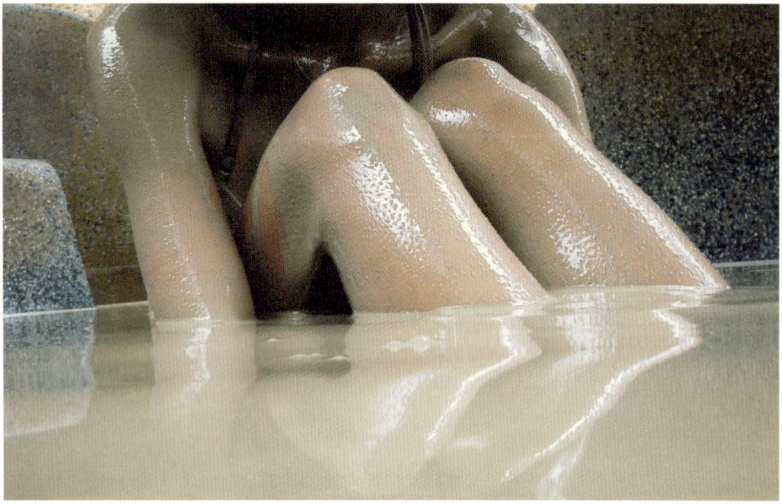

可以选择单人、双人以及多人池，而多人公共池才是这儿的精髓，既便宜又有趣：因为各地的游客慕名而来，池子里坐上 10 个不同国籍的人在聊天，互抹泥浆，是无比欢乐的事情，你完全不用担心尴尬或者无法沟通。然而，我们来得太早，两个人就把一个多人池给承包了，价格是 30 元人民币 / 人，这种 60 块钱包场的感觉也是醉了 ~

池子本身是空的，只有客人来了，管子里才会放出泥浆，温度有些低，新奇的是这些泥浆和泥巴又不一样，泥浆的颗粒大小介于细和粗之间，流在身上时却感觉很顺溜，没有很强的摩擦感，并且泥浆里有桉树叶，还有一些其他的药材味道。在泥浆里泡了 45 分钟左右后，就要起身了，泥浆在身上很快就变干了，脸上像敷了面膜一样，两只泥鳅看着彼此一下就笑喷了。

接着冲净泥浆，感觉自己的皮肤会呼吸！接着就要打开毛孔，到温泉区去泡汤了，这边的区域就丰富多了，有瀑布，有游泳池，有桑拿……一轮泥浆浴 + 温泉过后，另外在 SinCafe 旁一棵大树下，那里有我们的秘密食堂——蜜汁猪排饭大排档，都是现烤现做的大猪排，10 元人民币就能吃出个销魂的好心情，感觉再摔 5 次都没问题！

晚上我们骑着摩托车经过海滩边的商圈，看到路边的《霍比特人 3：五军之战》电影海报已经挂了出来，有过之前在清迈看《星际穿越》的经历，我们怀着“先祖国人民一步观看”的心情，默默看完了全片。虽然最后我们还是没搞清楚那只标本究竟叫什么，但是《霍 3》我们可是看懂了，简单粗暴的中土冒险情节，难不倒《魔界》迷的我们，顿时我感觉我们就是索林 · 橡木盾率领的那只小矮人军团，旅程就是一次又一次的冒险，千山万水只为回到自己的家乡。

Qualité d'Origine
BIERE LARUE
DEPUIS
1909

圣诞白玫瑰

“叮叮当，叮叮当……”大巴车内不断放着圣诞歌，我打开手机瞄了一眼，不知不觉已经到 12 月 25 日了，西方一家团圆的日子，我们却刚刚身在会安，但是一想到我并不是形单影只，便是极大的宽慰。

“圣诞快乐哟！”

“有……圣诞礼物么？”

“靠，不贪礼物的吃货不是一个好女盆友啊……”

穿过康庄大道，我们在一条超级隐蔽的巷子里，找了一家名叫 HongCong 的民宿，由于是一大清早抵达，他们家半睡半醒的就被我们敲开了门，真是不好意思！老板担心风尘仆仆的我们一早饿肚子，特地给我们煮了米粉，煎了蛋饼，给我们接了风，并且为我们准备好了逛古镇的单车，check in 入住后，老板还一直嘱咐我们，下午 4 点前务必要回来，他们要准备惊喜给我们，真是贴心，热泪盈眶！

说实话，我们并没有想到在这里会有这么浓的亲切感，会安古镇大部分都是中国式的古建筑，尤其是华人会馆非常多，有中华会馆、潮州会馆、福建会馆、广肇会馆、琼府会馆……而且基本都写的是汉字。记得在一家会馆里看到一段话，描述的是一批中国舰船在马六甲海峡受到了袭击，葬身大海的故事，可以看出这片地区在古代就是繁荣的商埠，并且有华人在此落脚，事实上也正是如此，日本、南洋、欧洲等商船也都会经过此地。

之前做了一些功课，听说古镇内有一道很出名的菜“White Rose 白玫瑰”，这是一道面食，图片上看卖相不错，味道却不知道如何，这次的任务就是找到这道菜！四处打听没结果，反倒是在停车休息的地方，看到一家小店里面就有，“踏破铁鞋无觅处，得来全不费工夫”与其说它是一道菜，不如说是一件艺术品：每一个面团都被捏成了一朵玫瑰，栩栩如生，中间的花蕾是肉丸子，最后撒上虾米点缀，浇上新鲜的汤汁，咬起来嚼劲十足，味道浓而不腻，雯雯的说法是“好吃的不要不要的”！

下午 4 点赶回 Hongcong 家，巷子里已经弥漫了各种食物的香气，好像明白了什么，应该是“圣诞大餐”没跑了！回去一看，果然是一桌好菜准备出炉，我们连忙去厨房帮着打下手，炸鱼豆腐、炸鳕鱼、豆角炒腊肉、鱼汤、青椒蛋饼、自酿的酸木瓜，一道道家常菜别有一番风味，虽不是西方的火鸡餐，但是心意非常到位了。菜上齐后，楼上陆续走出两男两女，看来我们并不是唯一的客人，还有这四位来自德国的宾客，老板还为我们每人准备了一听虎头啤酒，之后老板啤酒一举：

“Merry Christmas！”

这句应该是最简单的国际敬酒词了吧，几次碰杯过后，就进入了微醺的状态，一下变成了“地球村各地都是朋友”的场面。特别好笑的是，德国人似乎不能吃辣，碍于老板的热情，不得已尝了几口自制辣酱，然后他们整个脸都被辣得通红了！说话都不利索了，最后还是拿啤酒送辣椒下肚，一罐接一罐，像喝白开水一样……接着呢，他们就开始大声唱德语歌，用筷子敲着碗碟，作为伴奏，可是听着像儿歌，还特别押韵！

这顿饭一下子变得热闹起来～

“你说当年二战盟军攻打德国时，为什么不用辣椒和啤酒呢？”我凑近雯雯耳朵小声说。

“哈哈哈……”

“这能算是圣诞礼物了嘛？”

“当然不算！但是很惊喜，这是我过的最特别的一个圣诞节～”

“我也是。”

花光最后一美元

会安古镇出来后，我们只在顺化皇城稍作了停留，再继续坐了一个通宵的大巴，终于抵达了我们预想中旅途的最后一站——越南首都河内。一路南上的这条线路，不断缩减着我们和家乡的经纬度差，逐渐炎热多雨的气候，让我觉得愈发亲切，如果用一个词来概括当下，应该就是“毫无保留”了吧。一路以来，遇到的惊喜、沮丧、感动、艰辛……这些都像调味瓶一样，全都毫无保留地倾倒而出，调味着我们的旅行生活。当然，另一个意思是，我们的美元也毫无保留地用尽了。

在旅店我和家里视频通话的内容大致如下：

“老爸老妈，我们距离祖国不到 200km，很快就可以见面了！”

“是嘛？！你们怎么回来？”

“我们买好了到友谊关的车票，现在身上就剩 50 美元不到，不知道能不能回到南宁，走一步看一步吧。”

“那不如我们去接你们吧，反正南宁到友谊关那么近，也不到200km，走南友高速很快就到了的。”

“也行，你们就当周末出来和我们郊游吧，还能早一些看到你们！”

“那你们别委屈自己了，该吃吃好，该玩玩好，别节省了，花完最后一美元！”

“好嘞，过两天见！”

于是我们用从友谊关回南宁的路费报名了一个下龙湾一日游的线路，没想到来旅店接驳的旅游小巴又给了我们一记老拳，车门一拉开，车上横竖挤满了人，而且是真的“横竖”都挤满了！我们只能找了个能落脚的位置半蹲着，坐在我们对面的是一个亚洲面孔的阿姨，但是却说着一口流利的英文口音，应该是长期生活在国外的亚裔吧，一脸的不开心。再然后，小巴并没有停止接驳，像一头饥饿的野兽，还在不停的上客，这下可把这位亚裔阿姨惹毛了，她用英文和司机理论了一番，之后这头野兽好像终于吃饱了，才得以开往下龙湾。

“Chinese？”阿姨转向我们，我点了点头。

“我也是中国人。”她一下切换到了标准的北方口音，吓了我一跳啊！

“这可恶的巴士，说一早7点来酒店接我，上车后陆陆续续就在城内接人又接了2小时，车都挤成什么样了，都超重了，到现在都没出发，我可忍不了了，不说说这些越南人他们还就真不走了！”

阿姨真是豪爽啊，也是真能聊，她的英文名就叫Ping，我们就称她萍姨了。萍姨是土生土长的北京人，之后移民到澳大利亚，她给我们看

她混血的儿子和女儿的照片，儿子是棕色头发，20 岁个头却比好多同龄人要壮硕多了；女儿却是金黄的头发，18 岁左右高中刚毕业，长得和萍姨很像，也是个小美女。

谈起她的孩子们，自然是合不拢嘴了，她的话匣子一下就打开了，不一会儿就说起了教育的问题。萍姨的教育方式和国内是截然不同的，她说她的两个孩子的兴趣都在冲浪上，都没上大学，儿子现在在各地参加专业的冲浪比赛，而女儿高中毕业后自己选择了一所卫校读书，希望做一名护士。萍姨在孩子毕业那年，和他们进行了一次简短的谈话，大致是说，你们一定要清楚自己喜欢什么，想要做什么，然后努力去实现，并不是名校才有出路，但是你们得自力更生了，因为你们的梦想不能要父母来买单。

说到这儿，突然觉得萍姨真是一个很酷的老妈，我们听着越发起劲儿了。萍姨在孩子 18 岁的生日时分别送了他们一部二手车作为成人礼，以及一个月的生活费，然后就把他们“赶”出了家门。她的孩子们也很快就找到了餐厅以及其他工作，用工作赚来的钱支付读书和生活的费用。孩子们不用他们操心后，她和丈夫就出来四处旅游了，这次是因为她的丈夫和朋友们在缅甸打高尔夫球，她觉得没意思，就只身一人来到越南玩了，她说她也经常带孩子回中国玩，但是她的孩子们不喜欢留在中国，因为不能上 Facebook……

听完萍姨的育儿经后，我们竟然无法反驳，她的声望在我们俩这儿一下就刷到崇拜了，真不知道国内有多少家长敢尝试这么做呢?

持续的雨天让下龙湾笼罩在很厚的雾里，正当我们在谈论今天行程是不是白跑了一趟时，萍姨给我们递上了一袋花生米和两瓶水。

“别想那么多，来了就好好玩，别饿着肚子。”

当船真正开进景区后，有种“来到桂林”的错觉，并且山水间雾里雾外是完全不同的景象，远看云雾缭绕，而身在其中却是清晰无比的，像极了泼墨山水画。

“我家孩子就喜欢自拍，都不喜欢帮我拍照。”萍姨很傲娇地说，“前些时候，他们给我买了这部 iPhone 6，可也没教我怎么用，真浪费钱！”

仔细一想也是，这么多年我一直想着怎么拍到好山好水好风景，也没想过帮老爸老妈拍上几张照片，我就暂时地充当了一回萍姨的摄影师，教会她很多功能，拍了许多照片。我们在船上吃了一顿不能再简单的午餐，和萍姨，以及一对日本的老夫妻，几盘素菜，一盆白米饭。萍姨问起我们一路的故事，我们手脚并用地和她描绘了一番，听到我们的遭遇她第一句话就是：

“你们需要现金么？我这儿有！”

“不用了，萍姨~”。

“别和我客气啊，我说真的，我身上现金还很充裕。”

“真的不用了，我们下一站就回家了，身上的钱够我们用呢～不过还是很谢谢您！”

简单的午饭过后，萍姨担心我们吃不饱，又自掏腰包加了菜，不停要我们添菜吃，平常我妈在家里也是这个口气。之后就聊到了我一路学厨的故事，健谈的萍姨又打开了话匣，说起她精通东南亚、意大利、西班牙等的菜系，她说的开心，我听着也起劲。最后我们和萍姨互留了 Email 和联系方式，她说如果到了悉尼，就去找她，一定亲自下厨教我做最正宗的各地菜。

回到河内市区，我们在还剑湖下了车，萍姨在车上跟我们挥手示意，

谢谢酷妈的照顾，再见！想到第二天就可以见到家里那位更操心我们的老妈，心里说不出的期盼。我们提前买好了回程票，还有一场水上木偶戏的票，由于早上家里下达了“花光最后一美元”的任务，我们逛遍了大半个河内，将一些特色的麝香猫咖啡豆、咖啡壶、青柠……全买了塞进背包里，为的就是可以让家里人也尝到这边的味道。

今晚是我们睡得最香的一个晚上。

越南 tips：

1. 我们在柬埔寨西哈努克市办理的越南签证，60 美元，交照片填表，第二天就可以拿到了。

2. 如果决定纵向走一遍越南，新咖啡的联程 open ticket 还是很推荐的。

3. 越南和中国交界的关口工作时间是 7：00am–7:00pm, 坐大巴过境要注意时间。

4. 在胡志明市虽然我们没有碰到飞车党，但还是要注意随身物品安全。

5. 胡志明市、美奈都还是比较热的，可是大叻常年温度都比较低，酒店都是不用空调的，建议带厚外套。

6. 美奈的渔港早市值得一看！仙女溪在比较隐蔽的地方，门票是免费的。

7. 大叻是全越南我们最喜欢的地方，如果你会骑摩托车可以租一天摩托车游玩所有的景点，缆车时间文中有写。参加弥撒的时候，请尊重他人。

8. 大叻 crazy house 是可以入住的！价格实惠！建议提前在网上预订！很有特色！

9. 芽庄的泥浆浴值得一试，推荐早上去！

10. 会安古镇骑自行车就可以游览了。

11. 下龙湾建议至少安排两天的行程。河内的水上木偶戏一定要去看！

南疆國門第一路

友谊关关不住友谊

下午 15：45 分，赶上了最后一趟河内去往友谊关的大巴，车上依旧是横竖挤满了人，我们还是腾出了一小片空位置坐了下来，只要能回到家，这些都不算什么！好在车速蛮快的，看来在天黑前有望赶到关口。

18: 40 分车到了 Lang Son 谅山这个小镇，车上的旅客已经陆续下车了，只剩下几个人，我又有了不祥的预兆。没错，大家很聪明，按照整本书的调性来看，一般这种预兆都是很准的。司机和副驾驶座位的一个姑娘不断和我们嘀咕着一句句越南语，我们听不懂，只能摇头摆手，用英文不停说着他们也不理解的单词。

情急之下，副驾驶的姑娘拨通了电话，然后递给了我们，电话里传来另一个女声，一口很温柔的中文：

“你好，你们是要在谅山下车么？”

“不是，我要去友谊关。”

“是这样的，友谊关 19：00 就要闭关了，而谅山到友谊关至少要半个小时的车程哦！”“可是旅行社明明说最后一班赶得上……”

“这个时间我很确定，肯定过不了关了，你们估计要在谅山住一晚了。”

这一下我们又懵了，千算万算没算到还有这一出！另一方面，我的父母已经赶往友谊关，我一直和家里人说要帮我们拖住中国关口，看看能不能多给我们一些时间？而中国关口的说法是“如果越南关口关闭，中国方面也没办法。”小巴司机也没法和我们沟通，最后他并没有选择冒险将我们送往关口，而是把我们连人带背包丢在了一家酒店门前。用着缓慢的流量，手机上网一查，并没有这家酒店，伸手掏掏口袋，3 张 1 美元。硬着头皮和酒店前台一番沟通，依旧无法用中英文沟通。

“我不要住这儿，我要回家，回家！”雯雯向前台撕心裂肺地叫着，“我们的父母在关口等着我们！！”但只是换来前台的一脸茫然。

心里最后一根稻草被压跨后，雯雯终于忍不住哭了起来，上一次这么痛苦是在暹粒机场，而这次恐怕真是黔驴技穷了。这时小巴副驾驶的女孩走进了酒店，示意我们先坐一下，然后和前台说着什么，前台拨了个电话。这时的我也并没有什么好办法，只能过去安慰哭成泪人的雯雯。

19：00已过，昏暗的街上空无一人，也没有来往的车辆，关口已经关闭了，路灯亮起，凉意袭来，只有两人背着两个大背包杵在一旁。为了不让家里担心，我发了条短信给老妈："我们已经安顿下来，别担心。你们一路奔波也累了，也在友谊关附近找酒店住下休息吧，我们明天一早就赶去和你们会合。"而我心里已经做好最坏的打算，不管是露宿街头，还是在酒店大堂能蹭到沙发或凳子，就把所有的衣服拿出来保暖，凑合一晚吧……

大概5分钟后，一个新面孔的女孩走向了我们，开口竟是中文，很温柔很熟悉，好像在哪儿听过，原来是在小巴上和我们通电话的那个声音！

"前台把我叫了下来，我朋友也把你们的事告诉我了。"她指了指司机副驾驶的女孩，"我是翻译，你们再把事情跟我说一遍。"

Balabala一番解释后，她很大方地微笑了一下：

"哦！我以为多大的事呢！都是中国人，别怕，还有我呢！"说完她立马帮我们订下了酒店里的一间房。

"太感谢你了，房费我会用支付宝打给你的！"

"哦哟，不要这么客气嘛！"她说的口音很熟悉。

"你是广西人吧？"

"是啊，我家在凭祥，我们那儿基本都会说越南话。"

“哦哟，友女捏，怪不得！我是南宁的～”

“哈哈，原来是老乡，友仔～”乡音一下就出来了，“我叫农小敏，叫我小敏就好了！你们还没吃饭吧？”

“是啊，肚子都饿穿了……”

“走，我带你们去吃越南火锅，还有我的越南朋友们哦，正好介绍你们认识一下！”

看来，我们又歪打正着的化险为夷了！一旁的雯雯泪痕还没干，就被我拉出了酒店，坐上了小敏和她越南朋友的车。穿过两个街区，不一会儿就到了一家大排档，一桌子的大肉大菜已经在等着我们，中间一大锅已经烧开，围着桌子都是和我们年龄相仿的朋友，有男有女，而且颜值都很高！如果不开口，真的不知道是越南人。

“这些是我在越南最好的朋友们，不要客气，你们尽管吃就好～”

小敏一通简单的介绍，她的朋友们就纷纷站起来和我们握手，嘴里不停地说着“Xin chao 你好！”

“越南的规矩是，握一次手，点一头，喝一杯酒哟。”

于是越南朋友不知道从哪儿掏出两大瓶自酿的白酒，笑嘻嘻地就拧开了盖子。喂！这剧情也转变得太快了吧？！一下就把我们的杯子斟满了。小敏身边一个男生立马站了起来，一只手就伸到了我面前。

“我是小敏的好哥儿们，欢迎你们来到我们越南！”

“这位和我一起在南宁念书的越南同学，也是这里在座的大哥。”小敏补充了一句。

感觉这是一桌“道儿”上的人啊，不敢怠慢……麻利地伸出手去接应，

手劲还真不小！闷头就是一杯白的下肚。

“朋友好酒量……”大哥的酒还没动，完蛋了，是不是得罪了！连忙再满上了一杯，又握了一次手，碰杯，闷掉。

“哈哈哈，不要喝这么急，他们都是我在广西民大的同学和同事，没那么夸张啦！”小敏着急地和我解释了一下，原来他们都为一家中越贸易公司工作，大哥负责的是越南的业务，她负责翻译和对接。小敏说，由于家就在边境，她经常来往两国，几乎是每个月都来几次，最关键的是，小敏前几天才过完19岁的生日！这里在座的，除了大哥是89年出生，其余的朋友都是93、94年出生的！真是自古英雄出少年啊！小敏似乎很喜欢我们，不仅和我们说了他们在学校的故事，还和我们说了许多她感情上的事情，从失恋到恢复，说到对一直陪着她的大哥的好感和感动，能感觉到小敏也是一个敢爱敢恨的性情小姑娘呢，很可爱。

就在这时，我的手机突然响起，老妈发来了一条短信“今晚你们要相依取暖了，你要照顾好雯雯，明天早上你们到友谊关还有十几公里路要走，养精蓄锐，早些休息。”已经在吃着热滚滚的火锅的我们，看到这条短信，也是哭笑不得，马上给老妈报了个平安，想到不知情的妈妈还在十几公里的关口对面担心着我们，心都要融化了。

再接着，我的记忆就剩下：1. 吃，火锅很好吃；2. 喝，越南朋友们每个人都在和我干杯；3. 还是喝，自酿白酒很好喝，然后换了一坛，啤酒也很好喝……然后就是空白了。

回家

一觉醒来，头疼欲裂，模糊地感觉到雯雯在收拾背包。

“很能喝嘛，还记得昨天发生了什么吗？”

“呃……不记得了。”我感觉头都要炸了，“口干……水，水……”

“喏！”雯雯递来的水咕咚咕咚就被我喝光了，“起来洗漱一下，清醒了我们就出发啦。”

“出发？”

“昨天小敏说她也要过关回国了，叫我们今天早上跟他们的车一起走，不记得了吧？”

然后我们一行5个人，我和雯雯，小敏和大哥，还有一个比较清醒的朋友开车，在路边一家越南米粉店吃了一顿“告别早餐”。

“一下变得这么腼腆？昨晚你俩猜拳互相搂着抱着，喝的不是很起劲吗？”小敏看着我和大哥说。

“开心嘛，难得有中国的朋友来……”大哥一边吃着米粉一边说。

“是啊，很感谢你们，也很高兴认识你们这群可爱的朋友！”我说，“我们再猜几局拳吧，输了喝汤！”

“哈哈哈，好啊，来就来！常来啊，再来要记得找我们。”

拖着一肚子米粉汤水，我们在友谊关关口给了彼此一个大拥抱，然后惜别。步行走过几十米，很短很漫长的距离，就看到了边界碑上刻的字“南疆第一门第一路”，这是我们的前自治区主席陆兵亲笔提的。雯雯看到在一边站岗的解放军官兵，立马开启了雀跃模式，蹦跶到他们面前挺直腰板敬了个礼，很不标准……然后大喊了一句“解放军同志，早上好！”是荡气回肠的那种音量，然后回过头和我们来了一句“我都想给他跪下了！回家的感觉真好！”站岗的官兵“噗嗤”笑了。

出了友谊关景区大门后，我们如约看见了等候已久的家人。

“终于等到你们了，亲人啊！”老妈开口的第一句，就把我们弄得热泪盈眶的，微微发胖的她正张开双臂等着，等着我们一头钻进她熟悉又温暖的拥抱。

“这位一定是农小敏同学了吧？实在太感谢你了！”

“是呀，多亏了小敏会说越南话，她很厉害呢！”

“不不不，没什么啦，只是恰好碰上，我们交了个朋友～”面对我们的感谢，小敏应该被吓到了吧。作为感谢，我们把小敏送回了凭祥的家门口，告别前，我们悄悄和小敏说“要珍惜越南大哥哦”，她害羞地笑了笑。

回家的路上，中国“某通”发来短信“壮乡歌海、中国绿城、东盟风情、养生之都、中国最佳休闲城市——南宁欢迎您！……”81天的东南亚之行暂告一段落了，而这仅仅只是一个开始，感谢所有坚持读到这儿的你们。

越南 tips：

1. 东南亚必备防晒霜和驱蚊水！
2. 现金、银行卡都要分开放！
3. 出门最好买保险！意外、财产之类的！
4. 如果是东南亚旅行，亚航还是很划算的！（亚航是不含行李托运，机上也是没餐没水的）
5. 一定要带急救药包！备齐治疗感冒、发烧、喉咙痛、腹泻等常用药。

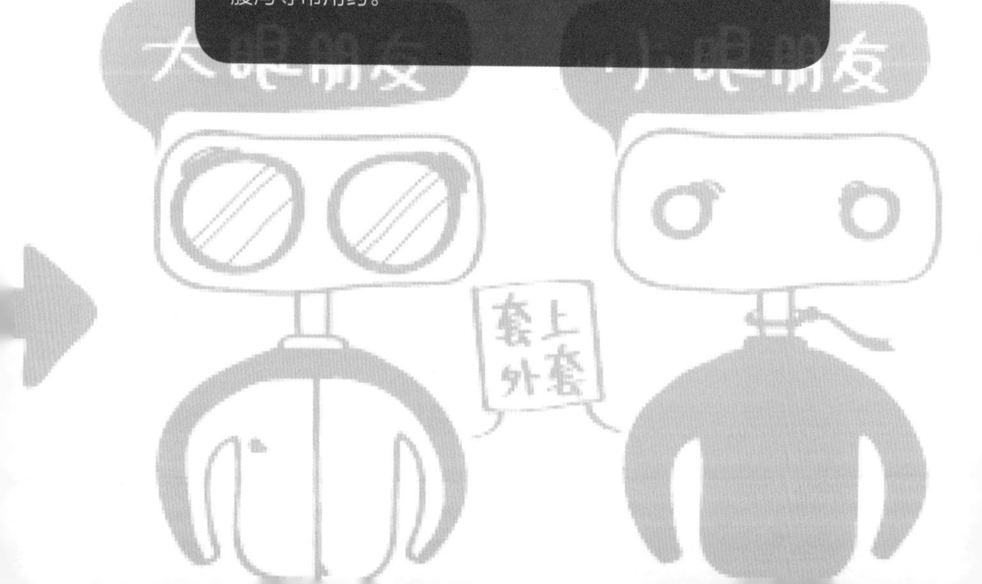

【如何成为试睡员报销住宿费用】

一路上我们用去哪儿网试睡员积分换取近一个月的住宿。由于每家酒店只能报销一个房晚所以为了报销我们基本上也都是每天睡一家酒店。所有的酒店都有写详细评论喔。

如何申请去哪儿网试睡员？

▶ 步骤一：成为去哪儿网用户，上传真实头像；

注册页面：http://user.qunar.com/reg.jsp?ret=http://hotel.qunar.com/

▶ 步骤二：提交 1 篇酒店“砖家”点评；

“砖家”点评是经过去哪儿网官方审核认定，通过详细图文全面展示酒店的软硬件的优秀点评。带有至少 3 张酒店实拍图片，且字数在 500 字以上的点评，都有机会被认证为“砖家”点评。

“砖家”点评发表流程：http://help.qunar.com/question.html?id=554

合格标准：http://help.qunar.com/question.html?id=565

▶ 步骤三：登陆报名页面，填写申请表：http://hotelzt.qunar.com/shishuiyuan/index.html

▶ 步骤四：人工审核通过，获得去哪儿试网睡员资格认证。

去哪儿网的“骆驼”会在三个工作日内完成审核，并邮件通知录取结果。

获得去哪儿网试睡员的资格认证后，“骆驼”会将邀请试睡员加入到神秘邮件组，试睡员可获得第一手顶级酒店入住机会通知、神秘酒店入住通知、以及其他各种超诱人的入住机会提醒……

注：酒店业主及公司内部销售人员不得申请试睡员；若加入试睡员后成为酒店业主，需发邮件报备 dreamjob@qunar.com，如未报备，则按照《去哪儿网酒店试睡员作弊处罚规则》处理。

81 天的东南亚之行暂告一段落了，而这仅仅只是一个开始，感谢所有坚持读到这儿的你们。

图书在版编目（CIP）数据

毕竟路上有你做伴：智游东南亚81天 / 熊佳雯，吴哲俊著. -- 北京：电子工业出版社，2016.1
ISBN 978-7-121-27358-2

Ⅰ. ①毕… Ⅱ. ①熊… ②吴… Ⅲ. ①游记－作品集－中国－当代 Ⅳ. ①I267.4

中国版本图书馆CIP数据核字(2015)第233968号

策划编辑：白　兰
责任编辑：张　铁
印　　刷：中国电影出版社印刷厂
装　　订：中国电影出版社印刷厂
出版发行：电子工业出版社
北京市海淀区万寿路173信箱　　邮编：100036
开　　本：880×1230　1/32　印张：8　字数：246千字
版　　次：2016年1月第1版
印　　次：2016年1月第1次印刷
定　　价：38.00元